Elisabeth Binder

DER WINTERGAST

Roman

KLETT-COTTA

Klett-Cotta
www.klett-cotta.de

Printed in Germany
Schutzumschlag: Anzinger | Wüschner | Rasp
Unter Verwendung eines Fotos von © plainpicture/Naturbild
Gesetzt aus der Palatino von r&p digitale medien, Echterdingen
Auf säure- und holzfreiem Werkdruckpapier gedruckt
und gebunden von CPI – Clausen & Bosse, Leck
ISBN 978-3-608-93890-6

Der Mensch verlangt und scheut zugleich, aus seinem gewöhnlichen Selbst vertrieben zu werden …

Eduard Mörike,
Mozart auf der Reise nach Prag

I. Zwei Gäste

Ankunft

Kurz hatte der Postautochauffeur den Motor abgestellt. Der einzige Fahrgast war zwar ausgestiegen, und neue Fahrgäste warteten nicht, waren auch nicht zu erwarten, aber der Fahrplan musste doch eingehalten werden. Und nun war er fast fünf Minuten zu früh.

Einen Moment lang überlegte er, was der junge Mann da wollte, der gerade ausgestiegen war, mit Sack und Pack. Ein Einheimischer war das nicht, und wie ein Berggänger sah er auch nicht aus. Ziemlich verschlossen der Bursche, er hatte nicht einmal, wie das sonst üblich war auf dieser Strecke, wo das Postauto selten voll, eher halb leer war gewöhnlich, gegrüßt beim Aussteigen, bloß flüchtig zurückgenickt, als er ihm, in den Rückspiegel schauend, einen guten Abend zugerufen hatte.

Er schaltete das Radio an, um die Nachrichten zu hören. Die Sonnenblende hatte er heruntergeklappt. Trotzdem musste er sich ganz zurücklehnen in seinem Fahrersitz, um nicht geblendet zu werden, da ihm die Sonne direkt entgegenschien und so tief stand, dass sie das leere Postauto von vorn bis hinten durchflutete.

Er hörte die abendlichen Tagesmeldungen. Mit dem Sonnenuntergangslicht strömten sie zu ihm herein. Etwas Unentwirrbares plötzlich.

Licht und Gerede.

Ein glühender Brei wie Lava in seinem Kopf –

Nur ein paar Herzschläge lang. Dann löste es sich wieder voneinander. Dann waren es wieder die Aktualitäten. Ausland, Inland. Und der Tag mit seinem Licht drum herum. Die gewohnte Aura.

Als er den Motor wieder startete, fuhr noch ein anderes Auto auf den Kiesplatz, der Postautohaltestelle und zugleich Parkplatz für das ganze Dorf war, denn die Gassen waren zu eng für parkende Autos und der Dorfplatz, für das Postauto mindestens, zu klein zum Wenden.

Der Chauffeur lächelte unwillkürlich, grüßte mit der Hand im Wegfahren. Diesen alten, zerbeulten Landrover kannte er gut und die Frau, die darin saß. Wer kannte hier nicht die Pfarrerin Maddalena? Die schöne Maddalena. Mit ihren Extravaganzen.

Die jetzt ausstieg, großgewachsen, ungewöhnlich groß für eine Frau, rasch um den Wagen herumging, den Wagenschlag öffnete ... etwas vom Beifahrersitz hob. Etwas recht Unhandliches musste das sein, etwas recht Schweres, das sie jetzt in den Arm nahm, mit umständlicher Vorsicht ... Das sah er noch.

Dann verlor er sie aus dem Rückspiegel, als er in die Hauptstraße einbog, wo er sich wieder ganz auf die Fahrt konzentrieren musste, auch wenn das Postauto nun wohl leer blieb bis Chiavenna. So kurz vor der Grenze stieg gewöhnlich niemand mehr ein, auf dieser letzten Kursfahrt am Abend sowieso nicht.

Da sie keine Hand frei hatte, die eine Hand außerdem mit dem Taschentuch notdürftig verbunden, stieß sie die Wagentür mit der Schuhspitze zu. Schuhspitze ist nicht ganz das richtige Wort, denn es waren ziemlich schwere Bergschuhe, die sie zu tragen pflegte auf ihren Wanderungen. Wann immer sie Zeit hatte. Hoch hinauf. Weg von dem Talgrund, dem Dorf auf der Schattenseite. Wo im Winter kein Strahl Sonne hinkam, wochenlang, monatelang.

Aber diesmal war sie froh, als sie wieder zwischen die Häuser des Dorfs kam, wo die Gassen schon im Schatten lagen. Gerade der Schatten war ihr jetzt willkommen und die Nähe der Berge, die Kühle, die man spürte, den kühlen Atem gewaltiger Massen.

Seit Stunden befand sie sich in einer Anspannung, die sie viel länger nicht ertragen hätte. Außerdem verlor sie Blut. Das Taschentuch war völlig durchtränkt. Nichts Lebensgefährliches. Kennedy würde das schon wieder in Ordnung bringen. Aber es hätte auch die Schlagader treffen können, dann wäre es aus gewesen, dort oben, auf der Alp, wo kein Mensch war, weit und breit. Auch so hatte sie aufgeschrien vor Schmerz, als eine Kralle seiner Fänge in ihre Hand eindrang, einfach durch alles hindurchdrang.

Kurz sah sie zu den Bergen hinauf. Aus dem dunkelbewaldeten Taleinschnitt hinter dem Dorf stiegen sie, mit ihren Steilwänden, Kanten und Spitzen.

Drei Spitzen, eng zusammengewachsen. Hausgötter. Nah und unnahbar.

Jetzt aber rosenrot leuchtend an ihren Flanken.

Als sie auf den Dorfplatz kam, sah sie einen jungen Mann, der ein paar Gepäckstücke beim Brunnen abgestellt hatte, sich über die Brunnenröhre beugte (eine dunkelrote Baseballmütze auf dem Hinterkopf, so dass der Schirm steil zum Himmel zeigte) und wie ein Verdurstender Wasser trank.

Sonst war niemand auf dem Platz. Nur der junge Unbekannte.

Vor dem Palazzo, dem hohen, breiten Portal, blieb sie stehen. Tagsüber war es gewöhnlich nicht abgeschlossen. Sie stemmte mit der Schulter den schweren Türflügel auf. In der Eingangshalle war es noch kühler als draußen und dunkel, als die Tür ins Schloss fiel, und nur hinten, wo die Tür zum Garten war, noch hell.

Susanna, rief sie. Dann noch einmal. Aber es blieb alles still. Wahrscheinlich war sie im Garten beschäftigt.

Was nicht schwer zu erraten war. Schon die ganze Zeit hätte man Susanna im Garten beschäftigt sehen können, wäre er nicht von einer mehr als mannshohen Mauer umschlossen gewesen. Bloß drei hohe alte Bäume, eine Buche, eine Eiche und eine Konifere von schon biblischem Alter, ragten mit ihren Kronen weit darüber hinaus.

Da er gegen Westen zu ging, talauswärts, lag er noch im allerletzten Licht, es fiel direkt durch das geschmiedete Gittertor, das in die Mauer eingelassen war, und spielte mit dem Wasser des Springbrunnens, wo die Wege zusammenliefen in einem Rondell.

Mit ihr im Garten war ihr einziger und ständiger Begleiter, ein grauer Wolfsspitz. Auf die Dauer ertrug sie sonst niemanden mehr in ihrer Nähe, nicht einmal eine Hausangestellte.

Höchstens noch einen Stipendiaten, ab und zu. Einen jungen Mann.

Ausgerechnet sie, die einst, in ihren Starzeiten, nicht genug Menschen um sich haben konnte, nicht genug Publikum, das vor allem? So dass sie anfangs sogar hier noch manchmal, wenn sie in die Kronen der Bäume sah, sich statt des bewegten Laubs klatschende Hände vorgestellt hatte. Noch einmal von fern einen anhaltenden frenetischen Applaus. Nun war ihr das Laub lieber, das glühte im Untergangslicht und sich bewegte – in einem eigenen Rausch.

In der großen Voliere unter der Eiche befand sich zur Zeit nur ein Pflegling, ein außergewöhnlich schön gefärbter und gezeichneter Falke. Ein Wanderfalke. Ein Peregrin. Er saß still auf einem Ast, der auf Dreiviertelhöhe quer durch die Voliere gelegt war. Aber er flog schon gut. Ihn würde sie demnächst fliegen lassen können. Je eher desto besser, damit er sich noch an die neue Freiheit gewöhnte, ehe der Winter kam.

Sie war dabei, einen alten Rosmarinbusch zusammenzubinden, der schon groß war, bald so groß wie sie selber, damit er nicht vom Schnee zerrissen würde.

Da hörte sie einen Schrei über sich.

Sie sah hinauf in den klaren Abendhimmel.

(Auch der Falke sah hinauf.)

Ein Bussard. Von unten angeleuchtet. So glitt er über den Garten hinweg –

Ohne einen Flügelschlag.

Im Aufwind des Lichts.

Und obschon sie sich da nichts vormachte, zu einem Mäusebussard, selbst wenn man ihn gesund gepflegt hatte ein paar Wochen lang, gab es keine Beziehung, das blieben wilde Kerle, immer, durchschoss sie dieses scharfe, helle Fiepen jetzt wie ein Zuruf, ein ekstatisch begeisterter.

Da wurde auch der Falke unruhig. Er flog gegen das Gitter der Voliere und begann, am Drahtgeflecht festgekrallt, zu flattern, am Gitter hochzuflattern, flatternd am Gitter hochzukrabbeln wie eine Nachtmotte, als sei er schon fast kein Vogel mehr.

Ja, sagte sie, du möchtest raus. Aber das hat Zeit bis morgen. Noch eine Nacht, mein Herzensariel, dann bist du frei.

Auf dem Dorfplatz war es still. Einmal hatte noch die Kirchenuhr geschlagen. Ein einziges Mal. Ein zaghafter Versuch gegen das Schweigen der Berge. Nun war es wieder still. Nur der Brunnen plätscherte. Und noch immer lehnte er an dem Brunnenrand.

Was ist los mit ihm, Andreas?

Das fragte er sich selber. Und wusste es selber nicht. War er vielleicht bergkrank? Gab es das? Oder hatte ihm das Brunnenwasser nicht gut getan, das frische, kalte Bergwasser, von dem er gierig getrunken hatte, so gierig, wie er schon lang kein Leitungswasser mehr getrunken hatte, und das da aus der Röhre immerzu weiter in den Brunnen plätscherte?

Dabei hatte er diesen »Palazzo«, wo er hin sollte und mit dem er spöttelnd noch wichtig getan hatte zuhause, unter seinen Freunden, mit dem »Palazzo« und mit der »alten Dame« (pass auf, hatten sie gesagt, vielleicht sucht sie einen Gigolo), natürlich gleich gefunden. Am Dorfplatz, hatte es geheißen. Und viel mehr als den Dorfplatz gab es hier gar nicht. Und da gab es auch nur einen winzigen Dorfladen (Negozio stand in Schreibschrift auf einer altertümlichen Blechtafel, darunter Osteria, und auf einer anderen das Wort CALANDA BRÄU, aber sichtbar waren nur ein dunkler Hauseingang und eine leere Bank an der Hauswand), den allerdings herrschaftlichen Palazzo, ein paar einfache Dorfhäuser – und eine kleine Kirche gegen den Berghang zu. Klein und alt.

Aber steinalt schien ihm hier überhaupt alles.

Und grau. Wie die Berge, deren Übermacht er in seinem Rücken spürte. Und sie machten ihn klein. Und so allein.

Dass ihn seine Freundin endgültig verlassen hatte, schien ihm zum ersten Mal vollkommen sicher. Zunehmend uninspirierend hatte sie ihn zuletzt gefunden, und da mochte sie wohl recht haben. Aber es kümmerte ihn jetzt nicht einmal. Und dass sein Handy schon während der Fahrt im Postauto nicht mehr geklingelt, keiner seiner doch recht zahlreichen Freunde sich mehr gemeldet hatte, wunderte ihn zwar, möglich, dass er hier in einem Empfangsloch saß, aber er hatte gar kein Bedürfnis, angerufen zu werden, noch weniger Lust, selber jemanden anzurufen.

Er war gar nicht mehr der einerseits ziemlich gewöhnliche junge Mann und andrerseits schon halb verkrachte Künstler, der einmal fast ein Shootingstar geworden wäre, aber eben nur fast, dann hatte sich das Interesse von ihm abgewandt, er wusste nicht, warum, und das konnte man auch nicht wissen, aber dass er es nicht wusste, hatte ihn schier verrückt gemacht. Diese verzweifelte Suche nach Erfolgsrezepten! Bis er zuletzt gar nichts Eigenes mehr zustande brachte, die Schaffenslust ihn irgendwann ganz verließ, so dass ihm, da er keinen Beruf gelernt hatte, einzig die Gelegenheitsjobs blieben, immer ödere, mit denen er sich durch immer aussichtslosere Tage schlug. Und nur die Tatsache, dass er vor zwölf Uhr gar nicht mehr aufstand und also selbst für das Wenige, was er tat, nie genug

Zeit hatte, verschaffte ihm noch halbwegs die Illusion, ihm und anderen, trotz allem ein gestresster Mensch zu sein.

Das alles war jetzt von ihm abgefallen. Er lehnte am Brunnenrand, das Gepäck neben sich. Atmete die Luft ein. Etwas, das er lang nicht mehr eingeatmet hatte: Bergluft?

Er nahm seine Mütze ab, die vielleicht längst nicht mehr zu ihm passte, seiner Freundin war sie auch bereits auf die Nerven gegangen, die er aber noch immer trug wie ein Maskottchen, Markenzeichen einer alten Rolle, in der es ihm einmal gut gegangen war, damals, als es ihn fast hinaufgetragen hätte, an die Spitze. Er hielt das Überfliegermützchen in den Händen und spürte nun erst recht die Kühle, jetzt auch an seinem Kopf.

Er sah den Palazzo, vornehm geweißt zwischen den Steinhäusern. Auf dem Dach hatte er eine Unmenge Kamine, aber er schien unbewohnt, verlassen, wie das ganze Dorf.

Und sekundenlang hatte er das Gefühl, angekommen zu sein in diesem toten Winkel wie am Ort seiner Verbannung. Mehr noch: seines Todes. Hatte er nicht immer gedacht, früh zu sterben? Ein kometenhafter Aufstieg, kurzer Glanz im Startum und dann weg. Mehr als dreißig, vierzig Jahre alt zu werden, hatte er sich gar nicht vorstellen können. Nun war es mit dem Startum nichts geworden. Aber vielleicht mit einem frühen Tod?

Still ist es auch in der kleinen Kirche. Noch stiller als draußen. Oder anders still.

Denn das Portal steht offen.

Sperrangelweit.

Beide Flügel nach innen aufgestoßen. Damit die Sonne herein kann, die Abendsonne, wenigstens die.

Die letzten, flachen Strahlen –

Sonst kommt sie nirgendwo herein, zu keiner Tages- und Jahreszeit. Ein wenig Helligkeit schon, aber nicht viel durch die schießschartenschmalen Fenster. Auch steigt auf der Südseite, nicht weit von der Kirche, der tannendunkle Berghang in die Höhe. Und im Chor sind gar keine Fenster. Nur Fresken in der höhlenartigen Wölbung.

Alte Fresken, die wieder zum Vorschein gekommen sind, vor noch nicht allzu langer Zeit, unter der Tünche, wo sie die Bilderstürme und die Jahrhunderte seither überdauert hatten. Nicht unversehrt. Es gibt blinde Flecken, wo der Farbauftrag verschwunden ist. Und nur die Figur des Weltenherrschers in der Mitte, sitzend in aufrechtester Haltung, die linke Hand auf einem Buch (*ego sum lux mundi*), die rechte Hand erhoben zum Segens- oder Siegeszeichen, umschlossen von der Mandorla in den Farben des Regenbogens, ist ganz erhalten. Und zu beiden Seiten der Mandorla noch gut erkennbar die vier Evangelisten, halb Engel, halb Tier, Halbverwandelte: Engelfiguren mit Tierköpfen, Adler, Löwe, Stier.

Und noch weiter draußen: die beiden Erzengel. Die Flügel gelüftet wie zum Abflug.

Durch das offene Portal fällt jetzt eine Lichtbahn in den Mittelgang zwischen den Bankreihen.

Langsam hat sich das Licht vorangetastet, mit der sinkenden Sonne, der wegkippenden Erdkugel, Millimeter um Millimeter, auf dem Steinboden, bis zur Apsis, bis zur Halbkugel der Wölbung, bis zum Weltenherrscher in der Mandorla. Bis zu IHM.

Maddalena hatte das Kirchenportal aufgestoßen, beide Flügel, bis zum Anschlag. Und war dann schnell weggegangen, alles liegen und stehen lassend, die angefangene Sonntagspredigt, um nur hinauszukommen an diesem leuchtenden Spätherbsttag.

Von einem Dorf auf der Sonnenseite, etwas erhöht über dem Tal, wo sie das Auto abstellte, war sie aufgestiegen. Sie kannte den Weg, war ihn oft gegangen. Ein schmaler Pfad, links die Felswände und rechts der Blick in die Tiefe, wenn sich der Laubwald einmal lichtete oder der Weg auf eine freie Anhöhe kam.

Immer tiefer unten:

Der Talgrund.

Das Dorf auf der Schattenseite, eine kleine Ansammlung von Häusern, grau in grau, wie Ausläufer eines Steinschlags vor dem engen Taleinschnitt.

Die Kirche, in der sie noch immer predigte, wie wenn nichts wäre, Sonntag für Sonntag, ein schwarzer Vogel im schwarzen Talar, schwerfällig, flügellahm.

Aber heute waren ihr Flügel gewachsen, in dem Glühen und Leuchten rings herum, dem Flirren des farbigen Laubs, des Schattenmusters auf dem Weg, in einem leichten Wind.

Südwind, vom Mittelmeer kommend, vom Golf von Genua, um all die Biegungen, bis hier herauf.

(Aber schon morgen konnte er von Norden kommen, scharf und bitterkalt. Polarluft, die weiter oben im Tal innert Stunden alles gefrieren ließ, über Nacht konnten dann Eiszapfen hängen an den Felsen.)

Noch aber war es warm. Weich die Luft.

Und schimmerten nicht die Felsen so hell, als seien sie nach Süden gewandert, ausgewandert, angestiftet vom

Licht, dem Wind, als gehörten sie zu einem noch viel südlicheren Tal? Und stürzten sich nicht die Wasserfälle, die sie überquerte, wo sie sich schäumend zum ersten Mal ein wenig beruhigten, nach dem Sturz, so Hals über Kopf in die Tiefe, um nur schnell genug zum Bach im Talgrund zu kommen, zum nächsten Fluss, zum Meer? Herzensergießungen, tief innen gesammelt, des harten Gesteins.

So dass der Weitblick, den sie hatte von der Alp oben, ihr diesmal fast zu eng war, zu eng für das Welt- und Weitegefühl in ihrem Inneren, als könnte sie überall hinreichen, sich ausbreiten, sich verwandeln, ohne sich zu verlieren.

Aber die Berge ringsherum, und noch am Talende der Bergriegel im Südwesten, bildeten hartnäckige Hindernisse.

Wie immer standen die Hausgötter vis-à-vis. Hellgrau und weiß, Granit und ewiger Schnee.

Und nur das Licht so südlich gleißend auf den Schneefeldern. Dieser Glanz von hinter den Bergen. Und der Wind –

Und wieder einmal hatte sie das Gefühl, noch größer geworden zu sein vor lauter Sehnsucht, gedehnt bis zur Schmerzgrenze –

Als sie plötzlich ein Geräusch hinter sich hörte, ein Rauschen von schwerem Gefieder, und, als sie sich umdrehte – nein, keinen Erzengel: den Vogel im Gras taumeln sah.

Die gewaltigen Schwingen hilflos ausgebreitet.

Was sie nicht wusste, dass einer sie beobachtete in diesem Augenblick.

Von der anderen Talseite.

Dort stand Christoph, der Wildhüter, mit seinem Hund,

weit oben, bei der Schutzhütte für die Bergsteiger, zu Füßen der drei Himmelhohen, das Fernglas an den Augen. Ganz nach drüben konzentriert, seit er dort den Adler entdeckt hatte, denn er verfolgte das sichtlich entkräftete Tier schon seit Tagen.

Einmal hätte er ihn beinahe gefangen gehabt, aber dann war er ihm doch wieder entwischt. Und nun sah er ihn überm Tal drüben die Felsen entlangflattern, dann niedergehen auf der Alp. Er hatte ihn tags zuvor auf der hiesigen Talseite gesehen und war extra hoch hinaufgestiegen, in der vagen Hoffnung, ihn hier zu finden. Nun ärgerte er sich furchtbar, dass er gerade wieder auf der falschen Talseite war.

Dafür war *sie* an der richtigen Stelle. Eine Einzelgängerin, die nur Maddalena sein konnte. Wer stieg sonst, außer ihm, um die Jahreszeit noch in der Höhe herum? Er sah sie erst, als der Vogel direkt hinter ihr ins Gras niederging.

Sah, wie sie sich umdrehte, wartete, vorsichtig ein paar Schritte näher ging. Nun würde er gleich wegfliegen, wie es ihm auch passiert war. Aber nichts geschah.

Im Gegenteil. Hüpfte der Vogel auf sie zu?

Sie wich ein paar Schritte zurück. Der Vogel folgte ihr, taumelnd, flatternd. Sie ging noch einen Schritt zurück. War der Vogel verrückt geworden?

Eine Weile stand sie jetzt still, der Vogel dicht zu ihren Füßen.

Wahrscheinlich sprach sie mit ihm, nur war davon nichts zu hören in dem lautlosen Bild, das sogar in seinen geübten Händen leicht zitterte.

Dann löste sie die Windjacke, die sie um die Taille geknotet hatte, legte sie über den Vogel, bückte sich – er hielt den Atem an: wagte sie das wirklich? – richtete sich plötzlich wieder auf.

Hatte sie sich verletzt? Das konnte leicht geschehen, wenn man bei diesen Krallen nicht aufpasste. Wenn man einen Greifvogel nicht sofort sicher bei den Beinen packen konnte. Das war die Voraussetzung, dass man sie dort fest im Griff hatte. Und bei einem Adler hätte man sowieso Handschuhe gebraucht, fester noch als Falknerhandschuhe, wie er sie in seinem Jeep immer mit sich führte.

Sie stand einen Moment lang da, offenbar mit ihrer Hand beschäftigt, aber er sah sie jetzt nur von hinten. Doch dann bückte sie sich wieder. Und wie sie sich aufrichtete, hatte sie – er schnaubte vor Erstaunen – den Vogel, in ihre Windjacke eingehüllt, im Arm. Ein großes Bündel, mit dem sie sogleich über die Alp abzusteigen begann. Er verlor sie aus dem Blick, als der Weg in dem Laubwald, zwischen gefleckten Stämmen und glühendem Laub, verschwand.

Die schöne Maddalena! So allein, immer und überall. Dass es einem Mann, einem Mann wie ihm, fast weh tat. Er ließ den Feldstecher sinken.

Davon verstehst du nichts, sagte er zu seinem Hund, der zu ihm hochsah. Luchs, er strich ihm über den Kopf. Sei froh, sei froh!

Sie vermute eine Vergiftung, sagte Susanna. Eine Bleivergiftung, wie es ja vorkomme in dieser Jahreszeit, nach der Jagd. Gut möglich, dass er sich an einem mit Bleischrot geschossenen und liegengebliebenen Kadaver vergiftet habe. Denn eine Verletzung konnte sie nirgendwo sehen. Keine Flügelfraktur. Und ein altes Tier war es auch nicht.

Dem Aussehen nach ein junges Tier: das füllige, um den Schnabel herum lebhaft gefärbte Gesicht, der jugendliche Gesichtsausdruck, die weißen Flügelspiegel, die weiße Schwanzbasis, das noch immer leicht gesträubte Kopfgefieder. Sie hatte schon alle Arten von Greifvögeln in ihrer Vogelstation gehabt. Einen Adler noch nie.

Schön bist du, sagte sie.

Schön und fremd, dachte Maddalena, plötzlich schaudernd, dass sie ihn gerade noch im Arm gehabt hatte, den Riesenvogel, dessen wildbraunes Gefieder rauschte wie ein verhaltener Sturm, wenn er nur einmal die Flügel lüftete, die Schulterschwingen anhob wie zu einem großen Atemholen. Als probe er, noch eben zögernd, demnächst den Aufstand.

Aber er dachte nicht an Aufstand.

Er saß ruhig zwischen den zwei großen Frauen. Wie zwischen seinen Leibwächtern. Einmal den einen, dann den anderen Fuß entlastend.

Die Krallen zur Faust verkrampft. Auch das, sagte Susanna, deute auf eine Vergiftung.

Sie hatte ihn in die kleinste der drei Volieren getan, damit er nicht entwischen konnte, wenn sie ihn behandeln und vielleicht auch füttern musste. Was bei einem Adler unter Umständen nicht ganz ungefährlich war. Aber im Augenblick ließ er sich problemlos anfassen. Er zeigte überhaupt keine Menschenscheu.

Auch sie habe ihn problemlos anfassen können, sagte Maddalena. Er habe nicht den geringsten Fluchtversuch gemacht. Im Gegenteil sei er ihr sogar nachgehüpft, mit einem leisen, flehenden Laut, wie sie ein paar Schritte rückwärts gegangen sei im ersten Schreck. Als solle sie ihn keinesfalls allein lassen in seiner Not.

Und die Verletzung an der Hand?

Sie habe einen Moment lang nicht aufgepasst, als sie ihn aufgenommen habe und er sich reflexartig festzukrallen versuchte.

Geh aber gleich zu Kennedy, sagte Susanna, solche Verletzungen sind nicht harmlos.

Der Landrover stand schon da, als Christoph auf den Parkplatz fuhr. War sie also schneller gewesen als er. Und neben dem Landrover ein anderes Auto, ein kleiner eleganter Flitzer, silbergrau und himmelblau.

Elegant wie sein Besitzer. Der kleine Doktor.

Du bleibst da, Luchs, sagte er zu seinem Hund, der wie üblich die Fahrt auf dem Beifahrersitz verfolgt hatte, so aufmerksam, als sitze er selber am Steuer. Ich komme bald wieder. Dann schloss er seinen Jeep ab und ging auf das Dorf zu.

Nun standen drei Autos nebeneinander auf dem Parkplatz. Wie Stallgefährten. Aber in dem Jeep des Wildhüters sitzt ein brauner Hund mit Hängeohren. Nicht sehr glücklich, allein zu sein. Aber was sollte er machen? Bis er sich hinlegt, sich zusammenrollt. Sein bewährtes Mittel anwendet: die Zeit verschlafen.

War es der blutige Verband, als käme sie gerade von einer Messerstecherei, so dass Andreas das Gefühl hatte, nach der Stille noch eben, mit einem Mal in die leidenschaftlichste Szene hineinzuplatzen, als er sich endlich ein Herz gefasst, sich aufgerafft hatte aus seiner Verlorenheit und gerade den altertümlichen Glockenzug betätigen wollte, aber bevor er dazu kam, der Portalflügel sich öffnete, oder dass sie sehr groß, sehr bleich und irgendwie sehr schön war –

Irgendetwas.

Weshalb er ihr nachsah, bis sie vor der Kirche in eine Gasse hinein verschwand, sogar noch einen Augenblick länger, ehe er die Eingangshalle betrat. Er solle nur hineingehen, hatte sie gesagt. Susanna sei im Garten.

Als er aber das Gepäck abgestellt, den Tramperrucksack abgenommen hatte, sich einmal umsehend (es auf Anhieb zwar altfeudal, aber wohnlicher fand als erwartet), und auf die offene Gartentür zuging (flüchtig im Nobelgefühl eines Palazzobewohners) … auf einen Park zuging, mit hohen Bäumen … und hinter der Parkmauer eine Wiesenfläche … und hinter der Wiesenfläche das Tal, in Stufen abfallend, zwischen gestaffelten Felsvorsprüngen rechts und links, tiefer und tiefer, in einen ungewissen, leuchtenden Dunst hinein – sah er etwas, was er noch nie in seinem Leben gesehen hatte, obschon es täglich geschieht, überall auf der Welt, eine Angelegenheit von Sekunden im entscheidenden Augenblick.

Gerade hatte die Sonne über dem Bergkamm am Talende, wo schon Italien sein musste, noch als winzige glührote Sichel gestanden. Nicht größer als der Mond eines Daumennagels.

Dann war sie von einer Sekunde zur nächsten verschwunden.

Wo sie aber noch eben gewesen war, blieb für einen kurzen Moment eine heftig entzündete Stelle.

Was war denn im Palazzo heute für ein Kommen und Gehen?

Gerade war der Wildhüter hineingegangen, vorher schon der junge Unbekannte mit seinem Gepäck dort drin verschwunden und die Pfarrerin wieder herausgekommen: Jeans, Windjacke, Bergschuhe. Wie viel Zeit die immer hatte zum Herumwandern. Erstaunlich. Was tat die eigentlich den ganzen Tag?

Ada sah auf ihre Armbanduhr, die kleine goldene Armbanduhr, etwas von dem Wenigen, was sie sich an Luxus hatte leisten können in ihrem Leben. Die Uhr freute sie noch immer oder immer einmal wieder.

Das Wort aber fiel ihr immer noch nicht ein, obschon es ihr die ganze Zeit auf der Zunge lag. Verdient sein Geld an der Börse. Sechs Buchstaben. Ein E hatte sie schon von senkrecht: Himmelsbote.

Es war kein weiter Weg zu Kennedy, aber als sie an der Kirche vorbeiging, wurde es ihr plötzlich schlecht, und sie musste erbrechen, obschon sie krampfhaft darüber wegzukommen suchte. Sie stützte sich mit der linken Hand an die Kirchenmauer, beugte sich vor und begann zu würgen, am ganzen Körper zitternd.

Und anschließend fühlte sie sich so elend, dass sie sich einen Augenblick an die Mauer lehnen musste, die kalt war. Sie spürte es fröstelnd an ihren Schultern. Da sie kein Taschentuch mehr hatte, wischte sie sich den Mund mit dem Handrücken. Dabei roch sie den Wildgeruch des Vogels. Und sekundenlang kam sie sich selbst schon halb verwildert vor.

Wild und fremd.

Hatte er sie nicht, als er ihre Nähe suchte dort oben, statt zu flüchten, schon akzeptiert als seinesgleichen? Und hatte sie nicht seine Körperwärme gefühlt während des ganzen Abstiegs – und dass sie jetzt wusste, wie einem so großen, freien Tier das Herz pochte?

Er war es gewohnt, dass sie einfach still hereinkam und sich auf den für sie bereitstehenden Stuhl setzte, rittlings auf den hochbeinigen, hochlehnigen Stuhl, der ihr der langen Beine wegen bequem war und weil sie so besser zuhören konnte: die Hände auf der Stuhllehne verschränkt, das Kinn draufgestützt. Sie hörte ihm oft zu, wenn er abends Cembalo spielte, regelmäßig, wenn er nicht gerade zu einem Notfall gerufen wurde, vor dem Abendessen eine Stunde.

So achtete er zunächst nicht sonderlich darauf, als er sie hereinkommen hörte. Bis ihm doch irgendetwas merkwürdig vorkam. Er wandte, noch im Spielen, den Kopf und erschrak, als er sie nicht, wie gewohnt, auf dem Stuhl sitzen, sondern auf dem Sofa im Hintergrund des Raums halb sitzen, halb liegen sah, hilflos lächelnd und kreidebleich.

Mein Gott, Maddalena!, sagte Kennedy und unterbrach eine lebhafte Passage mit einem Ruck.

Als er aber hörte, wie es passiert war, wurde er kurz wütend. Susanna habe doch schon diesen Spleen mit den Vögeln. Und auch noch ein Adler!

Er schüttelte den Kopf, während er ihr das Taschentuch reichte, um das sie ihn bat, sein eigenes, taufrisches, das er aus der Hosentasche zog.

Sie faltete zitternd das Tuch auseinander, das sorgfältig gebügelte, zu Gleichkantigkeit gefaltete.

Das roch nun nicht nach wildem Tier, sondern piekfein und sehr anziehend nach Kennedy.

Und sekundenlang überfiel sie dieser Geruch wie eine Intimität, eine ihre diskrete Freundschaft mit einem Mal weit übersteigende. Sie spürte es, zugleich mit dem Gefühl, nächstens ohnmächtig zu werden, während sie in sein nicht mehr junges, gutaussehendes Gesicht sah, in seine Augen, die sie prüfend musterten, dann seine Hände sah, die feingliedrigen, an dem kleinen Mann immer erstaunlich großen Männerhände, mit denen er rasch und konzentriert den Verband aufknotete.

Abend

Auf der Abdeckung des Taufsteins, wo ein kleines Lesepult steht, liegt die Bibel, aufgeschlagen. Von der Pfarrerin an der Stelle aufgeschlagen, denkt das Kind, das die Verse liest, langsam, halblaut, mit dem Zeigefinger den Zeilen nachfahrend.

Che profitto ha l'uomo di tutta la sua fatica,
nella quale egli s'affatica sotto il sole?

Una età va via, ed una altra età viene;
e la terra resta in perpetuo.

Il sole si leva anch' esso, e poi tramonta;
ed, ansando, tira verso il luogo suo,
ove egli si deve levare.

(Was für einen Gewinn hat der Mensch von all seiner
Mühsal,
mit der er sich abmüht unter der Sonne?

Ein Zeitalter vergeht, und ein anderes Zeitalter
kommt,
und die Erde bleibt in Ewigkeit.

Auch die Sonne erhebt sich und geht dann unter;
und im Untergehen kehrt sie zu dem Ort zurück,
wo sie wieder aufgehen soll.)

Als es die Verse gelesen hatte, atmete es einmal tief ein und wieder aus, denn es hatte fast den Atem angehalten vor Konzentration. Aber verstanden hatte es doch nur den letzten Vers. Und es überlegte, wie die Sonne zurückkehrte zu dem Ort, wo sie wieder aufgehen soll.

Ein Bub? Ein Mädchen?

Das ist vom Aussehen her nicht genau zu sagen. Der kastanienbraune Lockenkopf könnte für beides stehen, das Gesicht, der schmale kindliche Körper. Und auch der Name, Andrea, hätte hier keinen Aufschluss gegeben.

Selber wäre sie lieber ein Bub gewesen. Sie war in dem Alter, wo sie lieber oder mindestens so gern ein Bub gewesen wäre. War also eigentlich ein Mädchen. Aber wenn sie groß wäre, ein großer Mann, würde sie Maddalena heiraten. Oder selbst Pfarrerin werden. Denn sie bewunderte die Pfarrerin. Und liebte wohl vor allem deshalb die Kirche, den Ort, *ihren* Ort.

Es war das Enkelkind Celestinas, der Mesnerin. Deshalb hatte sie auch einen Schlüssel, mit dem sie die Kirche schließen sollte jeden Abend. Und wenn an schönen Tagen das Portal offenstand, von Maddalena weit geöffnet, sollte sie auch die Flügel zuziehen, das Portal schließen, denn gewöhnlich war nur ein Seiteneingang offen, die Woche über. Für die paar Besucher, kaum Einheimische, aber während der Sommerzeit manchmal Feriengäste, Wanderer, die der Fresken wegen kamen, genügte der kleine Seiteneingang. Der war noch offen, die Tür angelehnt, während das Portal schon geschlossen war, so dass jetzt wieder die dem Raum eigene Dämmerung herrschte, das jahrhundertealte Höhlendunkel.

Die Bilder waren trotzdem zu erkennen, fast eindringlicher, als würden sie erst am Abend richtig lebendig.

Der Mann in der Mandorla erst jetzt ein Wesen, mit dem man sprechen konnte.

Dass der Angesprochene nicht antwortete, war nicht schlimm. So konnte man ihm alles sagen. Das war sogar besonders schön, dass er sich alles sagen lassen musste, dass er nicht widersprechen konnte, obschon er so mächtig war. Bis der Moment kam, wo es doch ärgerlich wurde, dass er bei allem so stumm blieb. Und mit der Zeit wurde das Spiel recht übermütig, recht herausfordernd.

Und von der Seitenwand, dem anderen Bild, wo sie zum Abendmahl zusammen saßen an dem langen Tisch, mit Fisch und Brot und Wein und Krebsen und anderen unberührten Sachen, sahen sie alle zu. Steif und feierlich auf ihren Stühlen. Das aber war vielleicht das Beste, dass es so viele Zuschauer gab.

Bloß wenn ein richtiger gekommen wäre in diesem Moment, irgendein später Besucher, der noch schnell einen Blick in die Kirche werfen wollte, ehe es dunkel wurde, und wenn er den Lärm gehört hätte, zuerst dachte, es treibe ein Verrückter hier sein Wesen oder ein Geist, Kirchengeist, Berggeist – diesen Besucher hätte sie, von einem Moment zum anderen das artigste, stillste Kind, errötend lächelnd gegrüßt mit einem Guten Abend. Wäre mit einem buona sera an ihm vorbeigeschlüpft – ins Freie.

Es war dann alles ein bisschen anders, als er es sich vorgestellt hatte, von weitem. Wer stellt sich schon vor, mit einem Adler zusammen anzukommen am Ziel seiner Reise? Auch hatte in der Einladung nichts von einer Vogelstation gestanden, und dass hier neben verunglückten Künstlern auch kranke oder verletzte Greifvögel gepflegt wurden.

Und einen Moment lang trauerte er noch der etwas gewöhnlicheren, umgänglicheren, freundlich um ihn besorgten »alten Dame« nach, die er aus irgendeinem Grund erwartet hatte, bis sie hinter dieser nicht so gar alten oder anders alten, großen, schlank gewachsenen Frau in Hosen und Rollkragenpullover (war er hier in das Reich der großen Frauen geraten?), die ihn aufmerksam, aber kühl empfing, kühl und kritisch musterte von oben herab, als setze der Vogel in der Voliere einen besonders strengen, nicht unbedingt menschenfreundlichen Maßstab (was bildete er sich denn ein: die Latte lag hier hoch, hoch!), sang- und klanglos verschwand.

Ah, da kommt ja unser Gast, sagte sie, ohne im Geringsten zu lächeln, als sie ihn auf dem Kiesweg daherkommen sah, begleitet von dem Hund, der ihn schon an der Treppe zum Garten freudig begrüßt hatte (wenigstens der Hund!) wie einen lang Ersehnten. Seien Sie willkommen, Andreas. Sie wies auf den Vogel: zwei Gäste auf einmal.

Sie hatte sich zuerst ausführlich um den kranken Adler

gekümmert, auch des Langen und Breiten mit dem Wildhüter geredet (auch ein großer Mann, ein Hüne geradezu), und am Handy, das sie aus der Gesäßtasche ihrer Jeans zog, sehr fachmännisch mit einer Ärztin vom Tierspital, die sie ehrerbietig mit Frau Doktor anredete, bis sie sich endlich ihm zuwandte, kommen Sie, Andreas, und mit ihm hineinging, über herrschaftlich breite Treppen in den ersten Stock, um ihm sein Zimmer zu zeigen. Was sie ihm dann aber zeigte, wie beiläufig, war eine ganze Flucht von Zimmern, der halbe Palazzo, so kam es ihm vor, sollte ihm hier zur freien Verfügung stehen. Er solle sich einrichten, wie und wo er wolle, sagte sie. Dann rief sie den Hund zu sich. Übrigens, sagte sie, schon im Weggehen, sie esse immer pünktlich um acht, er solle dann auch herunterkommen zum Nachtessen. Dann war er wieder allein.

Er hatte noch nie in seinem Leben so viel Platz gehabt.

Er wusste gar nicht, wo er hinsollte mit dem Wenigen, das er bei sich hatte. Er hatte in der WG, in der er wieder wohnte, seit er sich von seiner Freundin getrennt hatte (eine provisorische Trennung, hatten sie es beide genannt, aber dann war es ganz von selber etwas Endgültiges geworden), nur ein kleines Zimmer gehabt. Und so vollgestopft, dass er sich kaum darin bewegen konnte. Darüber hatte er oft geflucht. Nun erschien es ihm wie ein Nest aus Gemütlichkeit, Geselligkeit, mit den Altersgenossen rings herum: wie eine Stammhöhle, im Vergleich.

Zwar hatte er das Gepäck, den großen Rucksack, eine Sporttasche, ein Mappe mit Fotos von dem, was er zuletzt gebastelt hatte, als er noch irgendwie an Kunst dachte, aber weder an die Kunst noch an sich selber mehr glaubte, instinktiv in das kleinste Zimmer gestellt. Es hatte grüngoldene Tapeten an den Wänden und über dem Kamin einen großen goldgerahmten Spiegel und war noch das Wohnlichste von allen.

Aber sein Stil war das alles nicht. Wie er hier einen ganzen Winter zubringen sollte, konnte er sich überhaupt nicht vorstellen. In diesem leeren Palazzo, mit dieser ungemütlichen Frau. Dass sie einmal eine berühmte Opernsängerin gewesen war, wie einer seiner Freunde behauptete, konnte er sich überhaupt nicht vorstellen. Wie sollte diese strenge, abweisende Frau jemals auf der Bühne gestanden, ein Publikum begeistert, vor allem gesungen haben?

Und statt auszupacken, nahm er den CD-Player aus der Tasche, legte eine CD ein, setzte den Kopfhörer auf, um wenigstens etwas Vertrautes um die Ohren zu haben, setzte sich aufs Bett, stützte die Ellbogen auf die Knie, das Gesicht in die Hände.

Auf dem Dorfplatz hatte es sich unterdessen belebt.

Auf der Bank an der Hauswand, wo die Blechtafel mit der Schreibschrift angebracht war und die Tafel mit dem Wort CALANDA BRÄU, direkt darunter saßen jetzt vier Männer im Gespräch.

Eine junge Frau mit langen, dunklen Haaren lehnte am Hauseingang, neben dem hohen Zylinder eines Aschenbechers, der schon voller Stummel war, und rauchte. Manchmal sagte einer der Männer etwas zu ihr. Miralda, sagten sie. Dann antwortete sie kurz.

Auf der anderen Seite des Eingangs saß ein kleiner schwarzer Hund mit einer altersgrauen Schnauze. Zu ihm sagte niemand etwas. Er hatte bloß jemanden begleitet und wartete nun geduldig auf den gemeinsamen Heimweg.

Wer hier wohnte, wusste, dass es der Hund von Gian

Remo war, dem Gemeindepräsidenten (Gemeindepräsident, Kirchenpräsident, Feuerwehrkommandant, Hüter des Dorfgeists und was noch alles in einer Person, im Übrigen: Ökobauer, mit einer kleinen Herde von Hochlandrindern, woran niemand geglaubt hatte, dass dies hier gehe, aber nun ging es besser als gedacht). Der saß aber drinnen, in dem Raum links von dem dunklen Hausgang (rechts ging es in das Ladengewölbe), in der Dorfbeiz, hier Bar genannt.

Dort saßen ebenfalls vier Männer um einen runden Tisch und eine ältere Frau, die Wirtin und Ladenbetreiberin, beziehungsweise deren Schwester. Denn beides zusammen gehörte zwei Schwestern, von denen die eine arbeitete von morgens bis abends und die andere seelenruhig nichts tat, und das schon jahrzehntelang, und in bestem Einvernehmen.

Maria und Martha.

Aber sie hießen Ada und Franca. Und fromm waren sie beide nicht, keine von beiden sah man, außer an Weihnachten, jemals in der Kirche (sie mochten die Pfarrerin nicht, hätten, wenn schon, lieber einen Pfarrer gehabt, einen Mann), dafür im Laden und in der Bar alle Tage.

Offiziell war der Laden bereits geschlossen, doch solange die Bar offen war, konnte man auch in dem Laden noch etwas bekommen, da die Fleißige der beiden, Franca, sowieso alles zusammen besorgte – und auch auf jede Einnahme angewiesen war.

Jetzt stützte sie sich auf die Theke mit verschränkten Armen und hörte dem Gespräch am runden Tisch zu, wo Ada an ihrem Stammplatz zwischen den vier Männern saß. Da machte bereits der Adler die Runde. Außerdem der junge Mann, der Stipendiat, der angekommen war.

Denn einer von den Männern am Tisch war der Wildhüter Christoph, der seinen Alpenjägerhut neben dem Bierglas liegen hatte. Christoph, der immer alles sah, nichts entging ihm in dem Tal, von der Wildpopulation kannte er praktisch jedes Tier, hatte auch diesmal alles gesehen mit dem Fernglas: Maddalena und den Adler. Und bei Susanna dann den Adler von nahem.

Den jungen Mann aber hatte auch Ada gesehen (da hat er sich getäuscht, Andreas, als er dachte, dass es hier ganz ausgestorben sei). Hübsch, hatte sie gedacht, hübsch, mit seinen rötlichblonden Haaren, und ob sich da eventuell etwas anbahnte, eine Unterhaltung, die man so gut hätte brauchen können für die dunklen Tage. Ada, die stundenlang an dem runden Tisch neben dem Fenster saß, fast den ganzen Tag, Zeitung las oder ein Buch las oder Kreuzworträtsel löste, wenn niemand zum Reden da war, dabei mit den Jahren etwas füllig geworden, aber noch immer auf ein wenig Gold an ihrem Hals und an ihrem Brillengestell, noch immer auf ein wenig Prinzessinnenschmuck bedacht, sah immer alles, was auf dem Dorfplatz vorging. Selber unsichtbar, wie der liebe Gott.

Aber der, wie gesagt, spielte hier keine Rolle. Eher schon die Berge. Sogar in der Gaststube hingen noch Bilder von ihnen. Ältere Bilder und neuere Fotos. Keine Bilder sonst, aber die Berge, schwarz und weiß und farbig vor blauestem Himmel. Und noch gar nicht so lang gab es den kleinen Fernseher hoch über der Theke, der die bewegten Bilder brachte. Die Aufgeregtheiten aus aller Welt.

Die Musik half ihm aber nicht, im Gegenteil. In dieser Umgebung wirkte sie noch deplazierter als er selbst. Andreas machte sie aus, nahm den Kopfhörer ab, stellte sich ans Fenster. Er wäre gern irgendwohin gegangen, irgendwo unter Menschen. Aber in diesem Scheißkaff gab es ja bestimmt nicht die Spur eines Nachtlebens. Er sah auf seine Uhr. (Seine Weltumsegleruhr, die er sich in einem Anfall von Hochstapelei einmal gekauft hatte mit seinem ganzen Vermögen, als er dachte, es gehe jetzt nur noch hinauf mit ihm. Und wenn dann seine Glanzzeit anfange, habe er schon mal die passende Uhr dafür.) Erst halb sieben.

Über dem Bergzug am Talende, dort, wo vor kurzem die Sonne untergegangen war, stand jetzt schon der Mond. Lag vielmehr wie in einer Wiege, die er selber herstellte. Eine nagelfeine Sichel. Und in dieser Wiege oder wenig darüber ein sehr heller Stern.

Er wusste nicht, dass es die Venus war und dass es eine eher seltene Konjunktion war bei zunehmendem Mond und auch nur für einen Abend. Am Himmel kannte er sich nicht aus, auch sonst nicht groß mit der Natur. Von seinem Zimmer in der Stadt hatte er nichts vom Himmel, auch nichts von der Natur gesehen, keinen einzigen Baum, bloß eine abgasgeschwärzte Hausfassade auf der anderen Straßenseite.

Der Blick hatte ihn oft deprimiert. Nun machte ihn der Himmel auch nicht froh. Mit den hohen Bergen ringsherum. (Wären es doch Hochhäuser gewesen, Wolkenkratzer, die Skyline einer Metropole!)

Und kein einziges Flugzeug. Kein einziger Düsenstreifen. Nicht das geringste Zeichen des Weltverkehrs.

Nur der Sichelmond und der Stern. Und der blau-dunkle Bergzug darunter.

Alles so hoch, still. Wie seit Ewigkeiten.

Als gehöre er gar nicht dazu.

Und er wurde plötzlich traurig, auf eine Weise, wie er noch nie traurig gewesen war. Er wusste gar nicht, wie dieses Gefühl in ihn hineinkam.

In einem anderen Teil des Palazzos, unhörbar weit von ihm entfernt, saß unterdessen Susanna, in einem ganz ähnlichen Zimmer (mit ebenfalls grüngoldener Tapete) an ihrem Schreibtisch, wie jeden Abend vor dem Nachtessen, um die Krankengeschichten nachzuführen. Sie benutzte dafür die immer gleichen roten Pressspanhefte im A5-Format, mit linierten Seiten und einer Leinenbindung am Rücken, so dass die Seiten schön flach lagen zum Schreiben. Auch waren die Hefte dick genug, dass sie ab und zu ein Foto von einem besonders schön gezeichneten Vogel oder von einer besonderen Verletzung oder auch eine besonders gefärbte Flaumfeder, zur Erinnerung, einkleben konnte. Es gab sie nur noch in einem alten Geschäft für Malutensilien in Chiavenna, wo man sie extra für sie kommen ließ.

Die Geschichte von dem Falken, dem Peregrin, konnte sie abschließen.

Lasse ihn morgen fliegen, schrieb sie. Und einen Moment lang dachte sie, dass er ihr fehlen würde. Klug, wie er war, aufmerksam, schnell auf einen bezogen wie alle Falken, aber dieser besonders. Er war mit einer doppelten Flügelfraktur gekommen und hatte, nachdem er im Tierspital operiert worden war, bei ihr wieder fliegen gelernt. Aber dann ging sie darüber hinweg. Sie gestattete sich hier keine Sentimentalitäten. Mehr, als sie getan hatte, konnte sie nicht für ihn tun. Nun war die Natur wieder dran.

Sie wendete die Seite um und fing dann ein neues Kapitel an.

STEINADLER schrieb sie. Aquila chrysaetos. Immatures Tier. Vermutlich auf seiner Dismigration, meint Christoph. Jungvögel, sagt er, verlassen das elterliche Revier manchmal bereits im November und brechen zur Dismigration auf. Jedenfalls habe er das Revierpaar aus dem Val B. den schon geschwächten Eindringling attackieren sehen.

Prachtvolles Exemplar. Wahrscheinlich ein Terzel. Maddalena bringt den entkräfteten Vogel gegen Abend, in ihre Windjacke eingehüllt. Hat ihn auf der Alp M. oberhalb S. gefunden. Sei plötzlich hinter ihr niedergegangen. Habe sofort eine merkwürdige Zutraulichkeit gezeigt. Zeigt auch hier keine Menschenscheu. Wirkt aber spastisch, die Krallen verkrampft. Eine Verletzung kann ich nicht finden, auch keine Flügelfraktur. Vermute eine Bleivergiftung. Christoph ist derselben Meinung. Junge Einzelvögel ohne Revier, die weit im Alpenraum umherstreichen, sagt er, ernährten sich gern von Fallwild, da sie die Jagdverhältnisse einer Gegend, die Aufenthalte der Beutetiere, vor allem der Murmeltiere, zu wenig kennen. Auch Dr. S. vom Tierspital hält eine Vergiftung für das Wahrscheinlichste. Habe eine Infusion gemacht (R. Lactat + Glukose). Werde weiter Infusionen machen. Dr. S. sagt, drei Wochen lang mindestens. Hat das Kaninchen, das Christoph vorhin brachte, bis jetzt nicht angerührt. Werde ihn morgen früh zu füttern versuchen, wenn er nicht selber kröpft.

Als sie einmal aufsah, sah sie den Mond am westlichen Himmel, die schmale Sichel. Und die Venus darüber.

Ach, sagte sie, schau mal!

Sie sagte es nicht eigentlich zu dem Hund, der auf dem Teppich unter ihrem Schreibtisch lag und schlief. Und doch hob er sofort fragend den Kopf.

Sie wissen, Maddalena, dass ich nicht daran glaube, sagte Kennedy, während er sich aus seinem Sessel erhob und ans Fenster trat. Aber wenn ich mir etwas wirklich wünschte, wäre es ein richtiges Ende mit Jüngstem Gericht, Urteil, Schuldspruch – und am Ende vielleicht: Freispruch, Begnadigung.

Das sagte er sehr ernst, so dass sie ihn einen Moment lang erstaunt ansah. Aber sie sah nur seine Silhouette vor dem Fenster, daneben den hochgestellten Deckel des Cembalos. Und als er schwieg, schwieg sie auch.

Sie lehnte in der Ecke seines Sofas, frisch verbunden, medizinisch mit allem Nötigen versorgt, außerdem mit einem halbvollen Glas neben sich auf dem Tischchen. Eine Mischung aus Whisky, Honig, Zitrone, heißem Wasser. (Worauf die Angelsachsen schwören, sagte Kennedy, trinken Sie das, das wird Ihnen gut tun.) Sie hatte ihn soeben aus heiterem Himmel gefragt, ob er an Seelenwanderung glaube.

Wie kommen Sie darauf, sagte er ein bisschen spöttisch, Sie, als Pfarrerin? Glaubten Sie sich schon so nah dran?

Nein, sie lächelte, nur so.

Sehen Sie den Mond, Maddalena, sagte er jetzt, und den Stern?

Er drehte sich halb zu ihr um und trat ein wenig zur Seite, damit sie es von ihrem Platz aus sehen konnte.

Warum ist das bloß so schön? Warum ist die Welt so schön, und wir sind es nicht? Ihr Freund, für den Sie jeden

Sonntag in der Kirche werben, hat davon wahrscheinlich viel gewusst. Und wenn er die Schuld der Welt, die Sünden der Welt (qui tollis peccata mundi, so heißt es doch?) auf sich nehmen wollte, unsere, denn die Welt hat sonst keine, das uns offenbar angeborene, unberechenbare, immer lauernde, von einem Moment zum andern zerstörerisch Böse oder auch nur Schlechte, Lieblose, Geistlose, Gierige, schamlos Dumme, manchmal so unverständlich später, als seien wir nur Werkzeuge eines hässlichen, aber mit uns in die Welt gekommenen Prinzips – er machte eine Pause. Dann wollte er, dass wir – davon erlöst – schön seien? Weil er es nicht ertragen hat, dass wir nicht schön sind wie die Welt? Er wollte ihre Schönheit wieder herstellen. Letzten Endes. Glauben Sie nicht?

Sie schwieg, auf Weiteres wartend, denn sie spürte, dass er noch auf etwas anderes hinauswollte. Etwas Persönlicheres. Auch war sie viel zu müde für einen ihrer üblichen Diskurse, schon halb beduselt von dem starken Getränk.

Sie legte den Kopf an die Sofalehne, schloss die Augen.

Und gleich sah sie wieder den Adler vor sich, wie er ihr nachgehüpft, nachgeflattert war, märchenhaft zutraulich.

Aber Kennedy wartete gar nicht auf eine Antwort. Er sah den Mond und den Stern und darunter das Tal, wo noch immer der Bach schimmerte, in der Ferne, der Tiefe, und der kleine See, zu dem der Bach auf der italienischen Seite gestaut war.

Und plötzlich kam es zu einer Überblendung –

Ein Fluss in der Ferne, der Tiefe. Eine fjordartige Flussmündung an der walisischen Küste, und die keltische See, die in die Flussmündung heraufdrängt mit der Flut, mit kleinen Wellchen, die flussaufwärts ziehen, wie Makrelenschwärme, schimmernd vom noch immer hellen Westhimmel.

Und neben ihm, auf einer Steinbank, wo sie zusammen sitzen, sein kleiner Bruder Benjamin, rötlichblond, der einen kleinen Hund vom Boden zu sich heraufhebt, um ihm den Hals zu kraulen – während allmählich die Sterne sichtbar werden, einer nach dem anderen.

Weißt du, wie viel Sterne?

Nein.

Wohin gehen die Mauersegler in der Nacht? Bis zu den Sternen?

Nein, nicht bis zu den Sternen.

Und schlafen nie?

Geh jetzt nach Hause, Andrea, sagte Celestina. Silvio kommt sicher bald, und es wird auch schon dunkel.

Sie hatte ihre Enkelin zur Haustür begleitet. Nun sah sie ihr nach, wie sie durch die Gasse lief, dann nicht mehr lief, trödelte, um die Ecke verschwand.

Einen Augenblick dachte sie noch an die Geschichte, die sie ihr gerade erzählt hatte. Sie wusste gar nicht, wo sie die Geschichten immer herholte: jeden Abend eine neue, und doch spannen sie sich, wenn Andrea da war, wie von selber aus ihr heraus. Hätte man die Geschichten aufgeschrieben, hätte es schon ein ganzes Buch gegeben. *Die Abenteuer des kleinen Berggeists*.

Dachte sie, während sie die Treppe wieder hinaufstieg, Stufe für Stufe, die Hand auf dem Geländer, und dass sie doch eigentlich die falsche Person sei, die diese Geschichten erzählte, dass sie diese Geschichten nur erzählte, weil die richtige Person nicht da war, weil ihre Tochter, Maria, nicht mehr da war. Warum hatte sie sich das Leben genommen? Und ihnen allen das Leben so schwer gemacht? Was man nicht verstehen konnte (ein Kind zur Welt zu bringen war doch eine Freude!), obschon es ihnen der Doktor zu erklären versucht hatte, wieder und wieder erklärt hatte, wie man es verstehen müsse, wie es aussehen könne, man nehme das oft zu wenig ernst, in einer Frau, ein Aufruhr der Hormone letztlich und gar nicht so selten, diese Anfälle von Schwermut, nach der Geburt eines Kindes.

Sie schaltete das Licht an über dem Stubentisch, wo neben der Zeitung schon die Brille lag. Mit Bügeln war sie fertig für heute. Nun wollte sie noch ein wenig Zeitung lesen vor dem Nachtessen.

Auf der Talstraße wurde es still, die meisten Grenzgänger waren heimgekehrt. Und anderen Verkehr gab es fast nicht auf der Straße. Nur den Bach, den ewigen Grenzgänger, hörte man jetzt lauter als am Tag.

Nicht lauter, aber vernehmlicher in der Stille.

Am Straßenrand, den Bach neben sich, stapft ein Mann heimwärts, ein kleiner Mann mit einem dick geschwollenen Rucksack, einem alten Militärrucksack, auf dem alten krummen Rücken, vor sich hinsprechend, schimpfend, fluchend, auf Gott und die Welt, gelegentlich ausspuckend vor Wut, manchmal plötzlich taumelnd, denn er hatte das letzte Postauto verpasst und außerdem zu viel getrunken, das heißt, weil er zu viel getrunken hatte (er hatte Besorgungen gemacht im Hauptort weiter oben im Tal, war aber zuletzt, wie üblich, in der Wirtschaft gelandet), das Postauto verpasst, nun musste er zu Fuß die paar Kilometer gehen bis zu seiner Hütte.

Wie es dort aussah, in dieser Hütte, auf halber Höhe, abseits von der Straße, fast schon in der Wildnis, fast schon an der Grenze, der wilden, grünen, der Schmugglergrenze, wo er allein mit zwei Ziegen hauste, wusste niemand genau. Wollte auch niemand so genau wissen, obschon ihn alle kannten, den sie Rospo nannten, wenn sie unter sich waren (was eigentlich Kröte bedeutet, aber etwa so viel meint wie Rumpelstilz), aber sonst vertraulich Gianni riefen, ihm gut zuredend, wenn er sich nicht mehr beruhigen konnte im Zorn, im Rausch. Im Zornesrausch.

Nur einer wusste, wie es dort aussah, in dieser Hütte, nur Kennedy, und der erzählte nichts. Auf alles schimpfte der Alte. Nur wenn Kennedy auftauchte, wurde er lammfromm, vor dem Doktor hatte er einen Höllenrespekt. Nicht nur Respekt. Vielleicht war es sogar Dankbarkeit, da dieser ihm schon mehr als einmal das Leben gerettet hatte.

Ada räumte die Biergläser weg, die Bierflaschen. Wischte den Tisch ab. Mit langsamen Bewegungen. Legte die Lesebrille zu dem Heft mit Kreuzworträtseln und auf das Heft ein Buch mit einem Fetzchen Zeitungspapier als Lesezeichen.

Einen Augenblick sah sie zu dem kleinen Fernseher hoch, der die ganze Zeit gelaufen war, irgendein Vorabendfilm, mit viel Krach und häuslichen Szenen. Niemand hatte hingesehen, auch sie selber nicht. Dann schaltete sie ihn aus. Oben wartete Franca mit dem Essen. Wie immer hatte sie schon am Mittag vorgekocht, damit sie am Abend, wenn die letzten Gäste gegangen waren, gleich essen konnten. Und reden über den Tag.

Zu reden hatten sie immer genug. Sie erfuhren genug tagsüber im Laden und in der Bar, so dass ihnen der Gesprächsstoff nicht ausging.

Sie löschte das Licht. Schloss die Gaststubentür.

Nachtleben

Auf dem Dorfplatz ist es finster. Alle Lichter gelöscht. Auch der Palazzo, wo immer mehr Licht brennt als nötig und länger als in den anderen Häusern, steht schon dunkel da.

So bemerkt niemand den kleinen Berggeist, den die Glockenschläge geweckt haben. Vier hellere und dann eins, zwei, drei, vier … zwölf tiefere. Es hörte gar nicht mehr auf zu schlagen. Aber dann doch plötzlich. Da war er schon wach. War auch höchste Zeit, wenn er noch ins Dorf wollte. In dieser schönen Nacht. Der Himmel von Sternen gesprenkelt. Bergkristalle, größere und kleinere und winzigkleine (all seine Schätze, hatte man ihm einst erzählt, als er noch ein Kind war, auch Berggeister sind einmal Kinder), ausgeschwärmt, am Himmel oben zu funkeln. Am Morgen werden sie dann wieder eingesammelt und versteckt, tief im Innern.

Was wollte er in dem Dorf?, dachte er schlaftrunken. Ach ja, den Brunnen plätschern hören wollte er. Den Brunnen hörte er gar zu gern.

Und es war schön, auf dem Dorfplatz zu sein, wenn die Menschen schliefen. Auf dem Dorfplatz fühlte er sich doch weniger einsam. Es gab ja fast keine Berggeister mehr. Berggeister waren fast ausgestorben. Und es gab auch keine Beziehung mehr zu den Menschen wie früher (auch das hatte man ihm erzählt). Das heißt, er war einfach Luft für sie. Und Luft war für sie nichts. Er hätte also auch am helllichten Tag ins Dorf gehen können, es hätte ihn sowieso keiner gesehen. Höchstens Kinder hatten noch Augen für ihn. Und alte Frauen. Aber Kinder gab es hier immer weniger. Alte Frauen schon. Aber ohne Kinder hatten auch die alten Frauen nicht mehr die richtigen Augen.

Nur *ein* Kind kam manchmal noch. Und wie viele waren früher gekommen: zu der Höhle, wo der kleine Berggeist wohnt, unter dem Felsbrocken, dem Monolith, der abseits vom Dorf ganz allein in den Wiesen draußen liegt.

Bei einem Bergsturz musste er in die Wiesen hinausgekollert sein. Vor langer Zeit. Oder hatte ihn ein Gletscher einst mitgetragen? Das wusste niemand genau. Steine werden sehr alt. Berggeister auch. Nur das Wasser hat gar kein Alter. Der Brunnen mit seiner Plätschersprache. Plätschersprache, Plätschersprache.

Oder singt er?

Nachdem er eine Weile beim Brunnen gesessen und dem Plätschern gelauscht hatte, vielleicht auch wieder eingeschlafen war, hörte er Schritte.

Sie kamen aus einer Gasse und näherten sich dem Dorfplatz. Es tönte hart und hell auf dem Stein. Ein steinheller Klang. Nur Menschenschritte tönten so.

Er war nicht ärgerlich gewesen, als das Telefon klingelte mitten in der Nacht. Das gehörte zu seinem Beruf, für den er sich entschieden hatte ohne Wenn und Aber, damals, als er eine Pianistenlaufbahn dafür aufgab. Er war bloß wütend, dass Gianni schon wieder zu viel getrunken hatte. Es war noch nicht so lange her, dass man ihn bewusstlos am Straßenrand gefunden hatte. Irgendwann würden sie ihn auflesen mit einer Schädelfraktur, dachte Kennedy, während er seinen Flitzer aufschloss.

Aber wie kam Miralda dazu, ihn zu finden? Nachts um zwei unterwegs. Und zu Fuß. Hatte man sie nicht einmal nach Hause gebracht nach dem Liebesdienst? Sie solle bei ihm bleiben so lange, hatte er gesagt. Er komme sofort.

Er startete den Motor, wobei sich automatisch der CD-Recorder einschaltete. Gerade hatte er noch den Bach gehört. Und jetzt das Rauschen eines Cembalos. Eine neue Einspielung der *Goldberg-Variationen*.

Der kleine Berggeist hatte den Schritten des Doktors nachgehorcht, bis sie verklungen waren. Und als sie verklungen waren und dann auch das Motorengeräusch des Autos, beides lange hörbar in der Nachtstille, und wieder nur der Brunnen plätscherte und vom Wald oben ein Käuzchen rief, machte er sich ebenfalls auf.

Er hatte ja noch eine Aufgabe.

Nicht mehr bei den Menschen. Wo sie früher oft hilfreich gewirkt hatten wie Heinzelmännchen bei den Guten, oder Schabernack getrieben, so hatte man es ihm erzählt, zur Strafe bei den Bösen. Aber nun nicht mehr, es wirkte gar nichts mehr bei den Menschen.

Nur die Tiere merkten noch auf ihn, merkten auf in ihren Ställen.

Wieherten.

Schnaubten.
Blökten.
Meckerten.

Oder grunzten leise zur Begrüßung, wie im Traum, wenn er zu ihnen kam auf seinem Rundgang, Nacht für Nacht.

Bei allen schaute er vorbei. Am längsten aber blieb er Nacht für Nacht bei den vier Schweinen, jedes Jahr neue vier, bis sie fett genug waren, die etwas außerhalb des Dorfs, talaufwärts, ganz für sich in einem kleinen, ungesehenen Schmutzstall hausten.

Warum bei den Schweinen am längsten?

Die Schweine – hatte Celestina gesagt, die die Welt, wenigstens partiell, immer ein bisschen besser machen möchte als sie ist – die Schweine brauchen ihn am meisten.

Herrgottsfrühe

Als Maddalena aufwachte, später als gewöhnlich, aber sie war erst gegen Morgen richtig eingeschlafen, hatte sie das Gefühl, aus einer dunklen Meerestiefe mit einer einzigen Welle an einen sanften Strand gespült zu werden.

Ein Sandstrand, schimmernd im Morgenlicht. Und einen Augenblick lang sah sie das Bild und fühlte es zugleich: wie das Wasser über sie wegströmte und zurückströmte, ein lichter Wasserteppich, auf dem morgenhellen Sand.

Und für Sekunden blieb der Eindruck, dass sie im Schlaf, im Traum etwas ganz anderes gewesen war, etwas Weiches, Wandelbares, ein Wesen der Tiefsee, in wechselnden Formen, die nur dort unten möglich waren, in der weichen, beweglichen Wasserwelt.

Doch die Erinnerung daran schwand schon. Und ehe sie ganz wach war, wusste sie, dass die dunkle Tiefe nun hinter ihr lag, dass nun wieder ein Tag im Licht und auf dem festen Land begann. Und aus dem kleinen, flachen, fischartigen Wesen, als das sie an Land gespült wurde, wurde noch vor dem Augenaufschlagen schon wieder die heikle, hoch aufgeschossene, fest umrissene Gestalt.

In der sie sich nach etwas anderem sehnte: nach Luft, Licht, Himmelsweite –

In der Kirche ist es dunkel. Stockfinster. Es ist noch niemand gekommen, der Licht gemacht hätte, so dass die Bilder erwachten. Sie ist noch nicht einmal geöffnet.

Nicht dass hier viel Betrieb gewesen wäre von Andächtigen die Woche über, außer sonntags ging hier gewöhnlich niemand in die Kirche.

Aber Maddalena ist doch noch jeden Morgen gekommen, in aller Herrgottsfrühe, zu einer Andacht! Wenigstens das hatte sie doch immer durchgehalten mit klösterlicher Disziplin. Und hatte sie nicht gerade diese Morgenandachten immer besonders gern gehabt? Sommer und Winter. Wenn es draußen noch dämmerig war oder Nacht: das stille Sitzen unter den still leuchtenden Bildern. Ohne Worte, ohne Gedanken. Als sei der Glaube nur ein Atmen mit den alten Bildern in demselben Raum.

Wo bleibt die Pfarrerin? Wo bleibt Maddalena?

Sie wird ihm doch nicht untreu werden wegen einem Vogel!

Aber da ist sie ja, da kommt sie ja. Etwas später als sonst, aber sie kommt.

Man hört Schritte draußen auf dem Kies, dann wird beim Seiteneingang ein Schlüssel ins Schloss gesteckt, gedreht. Sie muss sich etwas bücken unter dem Türsturz. Tastet an der Wand links vom Eingang nach den Lichtschaltern.

Und nun wird es hell.

Nicht in der ganzen Kirche. Nur in der Apsis, wo die Fresken sind, von unsichtbaren, hinter dem Chorgestühl verborgenen Lichtquellen erhellt wie von einem inwendigen Sonnenaufgang.

Im Mittelgang bleibt sie einen Moment stehen. Von Angesicht zu Angesicht. Kein Kniefall. Es ist ja eine protestantische Kirche.

Dann setzt sie sich in die vorderste Bank, rechts vom Mittelgang: die Beine übereinandergeschlagen, den Ellbogen auf das Knie, das Kinn in die verbundene Hand gestützt, die noch immer weh tut (das werde sie noch eine Weile spüren, hatte Kennedy gesagt).

Keine Gebetshaltung. Denn sie betet auch nicht. Eine Haltung, wie um nachzudenken. Aber sie denkt auch nicht nach.

Es ist nur die beste Haltung, um nichts zu denken, möglichst nichts, nur dazusein, mit IHM zusammen, in der Stille, der Leere, einer umschlossenen Leere aber.

Bis auch ihr Kopf nichts anderes ist als dieser stille, aufmerksame Raum.

Heute aber nicht. Heute Morgen wird – flügelrauschend, aber nicht als habe ein Engelsflügel sie gestreift, das gerade nicht – auch hier das gestrige Erlebnis wieder lebendig. Von neuem lebendig, anders lebendig.

Und dann die Frage: was es bedeutet? Ob es überhaupt

etwas bedeutet, vor dem Herrn: das Wunder der Nähe, das Gefühl einer Offenbarung, einer neuen, anderen, nach der sie suchte und suchte, auf ihren Wanderungen, wenn ihr das Herz aufging. Und wie oft war ihr schon das Herz aufgegangen. Aber dann war doch nichts weiter geschehen als dieses Herzaufgehen, sperrangelweit –

Morgen

Es begann gerade erst zu dämmern, das heißt, der Himmel im Westen, dort wo am meisten Himmel sichtbar war, über dem kühlblauen Bergzug, etwas hell zu werden, eine rötliche Helle, als Susanna den Schieber der großen Voliere öffnete.

Der Falke war schon wach, schüttelte das Gefieder zurecht, sah sie aufmerksam an mit seinen glänzend schwarzen Augen.

Heute musst du selber wieder dein Futter suchen, sagte sie. Das Gitter über dir ist offen. Der Himmel ist offen.

Leb wohl! Pass auf dich auf!

Auch der Adler war schon wach. Die erste Nacht hatte er also überstanden. Und sie war froh. Die erste Nacht war immer kritisch.

Eine Stunde später liegt auf dem Bergzug im Westen, an den obersten Spitzen und Flanken, bereits die Sonne. Im Tal rechts und links noch nirgendwo, aber dort unten.

Wo die Sonne untergeht, geht auch der Morgen auf.

Und auf diesen westlichen Morgen zu fliegt jetzt ein Vogel, mit raschen Flügelschlägen …

Susanna atmete einmal tief ein und wieder aus.

Dann wandte sie sich weg vom Fenster, ging zu ihrem Schreibtisch.

Und nun schrieb sie in das rote Heft unter diese Krankengeschichte noch einen letzten Satz, mit dem Datum dieses Tages: Heute in der Frühe den Schieber der Voliere geöffnet, fliegt eine Stunde später erst in die Konifere hinauf, dann talauswärts weg.

Fliegt sehr gut weg!

So früh am Morgen war die Talstraße noch fast leer. Heute war Samstag. Da gab es höchstens die Grenzgänger, die im Gastgewerbe oder im Verkauf arbeiteten. Und später in der anderen Richtung die Einheimischen, die nach Chiavenna fuhren. Das halbe Tal traf sich dort am Wochenende. Wer nicht auswanderte, wollte wenigstens einmal in der Woche ein paar Stunden draußen, drüben, in Italien gewesen sein.

Es war ein ganz klarer Morgen. Aber kalt. Es hatte einen Hauch gegeben vorhin, Hauchfahnen vor ihren Mündern, als sie mit dem Bäcker sprach, der ihr den Korb mit Broten und den anderen mit Brötchen ins Auto geladen hatte. Und zwei Torten hatte sie auch noch gekauft, eine Nusstorte und eine Schokoladentorte (die Kastanientorte machte sie selbst). Am Samstag kamen meist mehr Leute in die Bar, auch Ehepaare, und die Frauen aßen dann gern ein Stück Kuchen zum Kaffee. Da musste dann auch Ada dran. Denn im Laden war samstags viel Betrieb, und sie konnte nicht an zwei Orten gleichzeitig sein, dachte Franca.

Und freute sich.

Freute sich auf den Samstag, auf den Betrieb im Laden und in der Bar und dass der Geruch nach frischem Brot das ganze Auto füllte, während sie vom Hauptort weiter oben im Tal talabwärts fuhr, den Bach neben sich: das wilde Flussbett neben der glatten Straße. Ziemlich schnell fuhr sie mit ihrem roten Auto, dem kleinen roten Lieferwagen.

Sie liebte diese Morgenfrühe, wenn die Straße noch leer war, die kühle Leere zwischen den Bergen. Dieses Warten auf das Licht.

Aus einer anderen Perspektive, eines Vogels zum Beispiel, oder wenn jemand so früh schon in der Höhe herumgestiegen wäre, hätte er auf der Talstraße ein rotes Auto sehen können, einen kleinen roten Lieferwagen, der ziemlich schnell fährt, dann plötzlich verschwindet unter dem Felsvorsprung, der die Straße blockiert – in dem Tunnel, der seit ein paar Jahren unter dem Felsvorsprung hindurchführt, auf dem sogar ein kleiner Wald, Überreste einer kleinen Burganlage, ein altes Herrschaftshaus, ein Pferdestall und eine alte, seit langem unbenutzte Kapelle stehen.

Verschwindet – wieder erscheint: klein und rot.

Auf derselben Straße – aber in einer anderen Welt.

Nicht ganz anders. Für ein fremdes Auge fast kein Unterschied. Dasselbe Tal, höchstens dass es sich etwas weitet, nach dem steilen Abfall im oberen Teil nun ausläuft in einem Wiesenplan, bis es sich noch einmal, ein letztes Mal, verengt und abfällt.

Aber wer hier wohnt, kennt den Unterschied genau zwischen unterhalb und oberhalb, hat es schon in der Grundschule gelernt, was die Talsperre bedeutet: für die Sprache, das Klima, Fauna, Flora …

Dass nur bis zu dieser Schwelle die warmen, vom Mittelmeer heraufstreichenden Winde kommen, so dass im unteren Teil noch viele wärmeliebende Pflanzen und Tiere leben, die oberhalb nicht mehr zu finden sind.

Dass also nur bis zu dieser Schwelle Feigen und Trauben reifen und die Kastanien gedeihen.

Dass nur unterhalb die Winterzieher, die nicht gar so weit in den Süden ziehen wie der Bussard zum Beispiel oder das hier häufige Rotkehlchen, den Winter über sesshaft bleiben.

Dass nur oberhalb der weit verbreitete Europäische Maulwurf (Talpa europaea) zusammen mit der in Mitteleuropa verbreiteten Kurzohrmaus lebt, unterhalb hingegen, wo auch die Smaragdeidechse sich sonnt, der seltenere Blindmaulwurf (Talpa caeca) zusammen mit der im südlichen Europa beheimateten Alpen-Kleinwühlmaus usw.

Dass man den Taldialekt im oberen Teil hörbar anders spricht als im unteren.

Und dass es nur bis zu der Schwelle, genau bis dorthin, noch die villenartige Bauform des Palazzos gibt. Schon ein Dorf weiter oben heißt etwas ähnlich Herrschaftliches (und sieht auch entsprechend aus) bereits Castel.

Zwei Stunden später liegt das Dorf noch immer im Schatten. Das ganze Tal liegt noch im Schatten. Aber der Bergrücken auf der anderen Talseite steht jetzt in der Sonne.

Wer hier wohnt, kennt diese Trennung in Licht und Schatten und diese mehrfachen Sonnenaufgänge: erst unten, dann drüben, bis die Sonne endlich hoch genug steht, um über die drei Himmelhohen herab auf die Häuser des Dorfs, in die Gassen, auf den Dorfplatz zu scheinen.

Wer hier wohnt, kennt dieses Leben in ihrem Schatten.

Schutz und Schatten, immer beides. Und hat ihr nicht schnell etwas gefehlt, wenn sie, selten genug, einmal weggefahren ist? An keinem anderen Ort der Welt hätte sie wohnen wollen, trotz allem, denkt Celestina, ein wenig fröstelnd. Obschon sie ein Wolljäckchen angezogen hatte. Es war eine kalte Nacht gewesen. Aber nicht frostkalt. Und mehr als ein Wolljäckchen zog sie jetzt noch nicht an.

So früh war sie sonst nicht im Garten. Aber heute brauchte sie Blumen für die Kirche. Einen großen schönen Strauß.

Üppig war es zwar nicht mehr mit Blumen um die Jahreszeit. Und das meiste war auch nicht mehr ganz makellos. Aber gerade wenn man alles zusammennehmen musste, was noch blühte oder auch bloß farbig war:

ein paar farbige Blätter von Sträuchern, Ebereschen, rostrot, und mit den roten Beeren,

Ranken von Hagebutten,

zwei, drei halb verblühte, verblasste Hortensien, jede ein wenig anders verblasst,

dazu das Immergrün von Rosmarin, zum Beispiel,

gab es manchmal – nicht die schönsten Sträuße: die gab es in den Juniwiesen. Aber die interessantesten.

Sie sind eine Künstlerin, sagte Kennedy, wenn sie gelegentlich einen Strauß mitbrachte mit der gebügelten Wäsche, denn sie bügelte auch für den Doktor. Der Doktor hatte Sinn für Blumen. Anders als Silvio, ihr Schwiegersohn, bei Blumen müsse er bloß an Beerdigung denken, hatte er gesagt, da hatte sie natürlich aufgehört, Blumen mitzubringen, wenn sie dort das Haus in Ordnung brachte. Es wäre halt ein bisschen schöner gewesen mit Blumen, fand sie, aber wenn sie ungute Erinnerungen weckten, hatte es natürlich keinen Wert.

Als sie einmal aufsah, sah sie Susanna durch die Wiesen kommen mit ihrem Hund.

Sie hatte den üblichen Morgenspaziergang gemacht, den üblichen Rundgang bis zum Monolith, und ging nun auf dem Fahrsträßchen, das durch die Wiesen führte, auf den Palazzo zu. Als sie Celestina im Garten entdeckte (ein schlohweißer Haarbusch, kaum zu bändigendes Kraushaar einst, jetzt nur noch ungebärdig nach allen Seiten stehend), rief sie einen Gruß hinüber. Sie hätte auch hinübergehen und ein paar Worte wechseln können. Doch für die Morgenfrühe genügte der Gruß. Um die Nachbarschaft zu bestätigen, fast Freundschaft, denn sie kannten sich seit Kindertagen.

Celestina winkte und rief einen Gruß zurück.

Da sie die Gartenschere in der Hand hatte, strich sie sich mit dem Handrücken die Haare aus dem Gesicht. Sie sah Susanna, wie sie auf das Parktor zuging, die schlaksige, noch kaum gebeugte Gestalt, und mit ihr der Hund, der einen Moment zurückgeblieben war, am Wegrand schnüffelnd, und sie nun schnell wieder einholte.

Dabei musste sie plötzlich lachen. Susannas Mutter fiel ihr ein, die sie aber nur ein- oder zweimal gesehen hatte als Kind. Denn gewöhnlich kam Susanna allein mit ihrem Vater hierher, jedes Jahr für ein paar Wochen. Ihr Vater war ein passionierter Jäger gewesen und jeden Herbst zur

Hochjagd gekommen. Dabei begleitete ihn gewöhnlich nur seine Tochter. Seine Frau, eine ungarische Baronesse, verabscheute die Berge. Vom Anblick der Berge bekäme sie Kopfweh, sagte sie. Und Schwindelgefühle schon beim Hinaufschauen. Der Satz war sprichwörtlich geworden im Dorf. Er fiel ihr gerade wieder ein.

Während Susanna das Parktor mit einem großen Schlüssel aufschloss, den sie aus der Tasche ihrer braunen Barbourjacke holte.

Komm, Farkas, sagte sie zu dem Hund, dem sie das Tor aufhielt, das sie dann wieder hinter sich abschloss.

Nun war nur noch die Parkmauer zu sehen und über der Mauer die Kronen der Bäume und hoch über den Bäumen – Celestina vergisst einen Moment lang die Blumen, den taufeuchten Garten – der Bergrücken der anderen Talseite.

Leuchtend in der Sonne. Jetzt im Spätherbst besonders leuchtend: mit dem herbstgelben Gras an den Abhängen, unter dem blauen Himmel.

Und es mochte am blauen Himmel, außerdem an der Morgensonne liegen, dass der altbekannte Berg sich für Augenblicke verwandelte in etwas Unbekanntes, Fernes, Fremdes, wie schon oft.

Eine andere Weltgegend. Und sie selber etwas anderes. Etwas, das nicht aufging in den traurigen, vielleicht nur hier wirklich traurigen Tatsachen, dass sie früh ihren Mann, Pietro, und dann auf besonders traurige Weise auch Maria, ihre einzige Tochter, verloren hatte.

Auf dem Gartentisch, wo schon ein paar abgeschnittene Zweige lagen, saß ein Rotkehlchen (eines der besagten).

Still und aufmerksam saß es da.

So still wie ein Rotkehlchen sitzen kann, da es immer wachsam genug sein muss, für einen Abflug aus dem Stand.

Ciao, sagte Celestina. Bist du auch schon da?

Iss, Andrea, sagte Silvio. Er war froh, dass Samstag war und dass er nicht in den Steinbruch musste. Aber seine Tochter ging ihm auf die Nerven. Was hat sie, warum isst sie nicht? Warum zuckt sie bloß mit der Schulter, wenn er sie fragt, ob sie nachher zusammen nach Chiavenna fahren wollten?

Das heißt, er konnte sich denken, was sie hatte, und gerade das ärgerte ihn. Oder ärgerte er sich über sich selbst? Das fehlte noch. Ein Mann braucht manchmal eine Frau. Davon verstand sie nichts.

Iss, Andrea! Iss dein Brötchen, trink deine Ovomaltine! Ich habe doch extra frische Brötchen geholt für uns.

Ja, das ist wahr. Er hat extra frische Brötchen geholt. Aber gestern Abend ist er wieder mit ihr nach Hause gekommen. Er war auch schon mit ihr nach Hause gekommen. Und sie hatte mit ihnen gegessen, schweigsam und seltsam scheu. Aber später, wenn sie im Bett war und schlafen sollte, aber wenn Miralda da war, konnte sie nicht schlafen, wollte sie nicht schlafen, hörte sie gut, wie sie zusammen in Silvios Schlafzimmer gingen, hörte auch andere Geräusche, die sie verwirrten, die ihr Angst machten, obschon sie nichts fragte, nichts sagte, wenn sie am Morgen zum Frühstück erschien, wo der Vater wieder allein war, irgendwann in der Nacht, das allerdings hörte sie meist nicht mehr, verschwand Miralda wieder.

Aber nun war sie immer noch da. Ihr Geruch war noch da.

Sie schnüffelte verstohlen an dem Tisch.

Hör auf, Andrea, sagte Silvio. (Das Geschnüffel machte ihn rasend. Er mochte das Parfüm auch nicht, wenn Miralda nicht mehr da war, mochte auch Miralda kaum mehr, wenn sie nicht mehr da war …)

Hör auf mit dem Geschnüffel!

Dass er vor Mittag gar nicht aufzustehen pflege, dass ihm das Aufstehen nur dann halbwegs erträglich sei, wenn der Abend schon in Sichtweite war, dass ihn das Wachsein überhaupt deprimierte, vor allem am Morgen, so dass er sich in den Schlaf verkrochen hatte, mehr und mehr, in den Schutz eines Bettes, das er seit längerem mit niemandem mehr teilte – von all dem hatte Andreas kein Wort gesagt. Hatte nichts zu sagen, nichts einzuwenden gewagt, als Susanna sagte, sie frühstücke um acht, er solle sich danach richten, ob er einen Wecker habe, und als er verneinte, ihm einen Wecker gab, zum Zeichen, dass es galt. Nun war es erst halb zehn. Und er hatte keine Ahnung, was er anfangen sollte mit dem langen Tag.

Von Kunst war noch kein Mal die Rede gewesen. Von seiner Künstlerlaufbahn. Den Hochs und Tiefs. Es interessierte sie anscheinend gar nicht.

Stattdessen hätte er ihr vorhin helfen sollen, den Adler zu füttern, der nichts fressen wollte von sich aus. Sie hatte erst das Kaninchen in kleine blutige Stücke geschnitten, völlig ungerührt, mit einem großen Fleischmesser, keine schöne Arbeit, sagte sie, aber es müsse sein. Adler ernährten sich zur Hauptsache von Murmeltieren. Und Kaninchen seien der beste Ersatz dafür. Dann hatte sie ihm Handschuhe gegeben, Lederhandschuhe mit langen Stulpen, und ihm gesagt, wie er den Vogel halten solle: ihn von hinten umfangen und bei den Beinen fassen, damit er nicht mit den Flügeln schlagen, vor allem die Krallen nicht brauchen könne. Er solle ihn ruhig und entschieden, allerdings auch nicht zu hart, um ihm nicht weh zu tun, bei den Beinen halten, dann sei er ganz still.

Das Gefährliche bei Greifvögeln sind die Krallen, nicht der Schnabel, sagte sie. Greifvögel attackieren mit den Krallen, so wie sie auf Beute losgehen.

Aber er hatte die Voliere kaum betreten, mit ungutem Gefühl, er hatte seit seiner Kindheit keinen Vogel mehr angefasst und auch damals höchstens einen Spatz, als der Adler schon die Schulterschwingen anhob, die Flügel öffnete, mit einem leisen drohenden Laut. Achtung!, rief Susanna. Er konnte sich gerade noch zurückziehen. Ein zweiter Versuch misslang genauso.

Er mag Sie offenbar nicht. Sie sah ihn scharf an. Vögel seien wählerisch.

Doch auch als sie allein die Voliere betrat, wurde der Vogel sofort unruhig. Er sei jetzt aufgescheucht, sagte sie, sie wolle nachher Maddalena fragen. Vielleicht akzeptiere er ja seine Retterin.

Eigentlich war ihm der Adler egal (war es zumindest bis gerade eben gewesen). Aber nun ärgerte es ihn doch, dass er mit dem Vogel nicht zurechtkam. Was war an ihm, dass ihn der Vogel nicht mochte?

Er stand in der Bibliothek, die sie ihm gerade gezeigt hatte, alle Wände voller Bücher, an einem Tisch beim Fenster, unentschlossen, ob er sich wirklich hinsetzen sollte. Auf dem Tisch lag ein Buch mit Text und Abbildungen: eine Darstellung dieses Tals, seiner Gestalt, seiner Geschichte, seiner Bewohner, Geologie, Flora, Fauna.

Lesen Sie das, hatte sie gesagt. Erst einmal müssen Sie genau wissen, wo Sie sich befinden. Auf dem Umschlag war das Dorf abgebildet, leicht von oben gesehen: eine Ansammlung von Steindächern, grau in grau, dahinter ein wenig Tannengrün, dann, wieder grau, die gewaltigen Steinmassen der Berge.

Er hatte seit langem kein Buch mehr gelesen. Überhaupt nie viel gelesen. Und es kam ihm verrückt vor, dass er an dem Tisch sitzen sollte in dem stillen Raum, schon morgens um halb zehn: wie ein lesender Klosterschüler. Befand er sich hier eigentlich in einer Erziehungsanstalt?

Er ging ans Fenster und sah auf den Dorfplatz, der leer war.

Nur beim Brunnen saß still eine Katze. Eine rötlichblonde.

(Wer hier wohnte, wusste, dass es die Katze von dem alten Bauern Battista war, sein Kater Barbarossa.)

Als Susanna an seinem Zimmer vorbeikam, wo die Tür weit offen stand, sah sie mit einem Blick das ungemachte Bett, einen zerknüllten Schlafanzug und auch sonst alles Mögliche herumliegen. Und während sie sich flüchtig wunderte, wie man in so kurzer Zeit eine solche Unordnung herstellen konnte, beunruhigte sie ebenso flüchtig, was sie ja wusste: dass da, gar nicht so weit von ihr entfernt, ein junger Mensch geschlafen hatte, letzte Nacht. Ein junger Mann.

Viel Betrieb ist bisher aber nicht gewesen in dem Laden. Und im Augenblick ist er leer. Und still. Nur das Kühlgestell, wo die verderblicheren Sachen untergebracht sind, summt leise vor sich hin. Es riecht nach frischem Brot, nicht mehr so stark wie in der Frühe, dafür jetzt auch wieder nach einigem anderen, Käse, Salami, Waschpulver. Über dem Ladentisch, wo die Kasse steht und eine Waage, brennt eine Neonröhre. Was nicht unbedingt nötig wäre. Das heißt, man weiß es nicht. Es ist nicht hell und nicht dunkel. Die Dinge warten. Auch die Dinge haben hier Routine im Warten.

In der Bar auf der anderen Seite des Hausgangs sitzt Ada an dem runden Tisch beim Fenster und liest Zeitung. Der Fernseher ist noch nicht eingeschaltet. Es ist noch still in der Bar. Nur manchmal ein Räuspern und das Rascheln der Zeitung.

Für einen Moment hat sich auch Franca hinzugesetzt. Nun teilen sie sich die Zeitung.

Bleibt es nicht ein bisschen gar still heute morgen, sagt Ada nach einer Weile, ohne von der Zeitung aufzusehen.

Nein, nein, sagt Franca, ebenfalls ohne aufzusehen, es ist doch immer so, immer hat man das Gefühl, es gebe einen flauen Samstag, und dann kommt einer nach dem andern, und mit einemmal ist der Laden voll.

Nach einer Weile kam jemand den Platz herauf (endlich!, dachte Andreas), ein Mann, mit einem kleinen schwarzen Hund, ging auf den Laden zu (während die rote Katze schnell weglief von dem Brunnen), verschwand in dem dunklen Hausgang.

Gian Remo! Kommt er schon in die Bar?

Aber er streckt nur den Kopf herein, um Guten Morgen zu sagen. Er braucht eine Glühbirne, die ist ihm gerade kaputt gegangen. Franca geht mit ihm in den Laden hinüber, gibt ihm die Glühbirne, kassiert das Geld, ein paar Worte wechseln sie auch noch.

Dann geht er wieder. Dann kommt auch Franca wieder, setzt sich an den Tisch. Dann lesen sie wieder Zeitung.

An einer anderen Stelle, am oberen, talaufwärts liegenden Rand des Dorfs, auf der alten Landstraße, die noch um den Felsklotz herumführt und später in die neue Talstraße einmündet, ehe diese im Tunnel verschwindet, ist unterdessen ein Auszug im Gang. Die tägliche Prozession mit viel Glockengeläut, die ihre Spuren auf der Straße hinterlässt, dunkle, feuchte Kleckse, aus denen erst nach einiger Zeit die fast appetitlichen Kuhfladen werden.

Gleichmütig ziehen sie hinaus, in Einerkolonne, gelegentlich angespornt von einem Ruf am Ende der Kolonne, wenn sie abschweifen oder stehenbleiben wollen. Im Übrigen braucht ihnen niemand voranzugehen. Sie kennen den Weg. Vom Stall zur Weide. Und gehen ihn gern.

Jetzt sind sie schon auf der Höhe des Steinbruchs angelangt. Das heißt, an der Stelle, wo man von der Straße, über den Bach in der Tiefe hinweg, zum Felsabsturz und zum Steinbruch hinübersehen kann.

Dann kommt die Stelle, wo der Weg links abzweigt zum Bach hinunter. Immer im selben gleichmütigen Schritt, es treibt sie niemand zur Eile, bloß stehenbleiben dürfen sie nicht, bloß abschweifen nicht, gehen sie den Weg zum Wasser hinunter, dort über eine alte Steinbrücke – eine

Reihe graubrauner Rinderrücken, zwischen den steinernen Brüstungen –, hinter der Brücke wieder ein Stück weit hinauf, wo die Wiesen sind, die schon hell in der Sonne liegen, die Wiesen mit den hohen Nussbäumen. Und darüber am steileren Fels der Laubwald, in den leuchtendsten Farben: Birken, Espen, Eichen, Linden, Kirschbäume, nur die Erlen sind schon kahl und struppig.

Währenddem sind die vier Schweine aus ihrem kleinen Stall diesseits des Bachs, unterhalb der Straße, wo sie um den Felsklotz herumführt und wo noch alles im Schatten liegt, hervorgekommen. Das Geläut hat sie neugierig gemacht. Nun sehen sie dem Auszug der Kühe zu. Aber sie können nur durch einen kleinen Spalt in die Welt hinaussehen.

Denn der Kothaufen, schon beinah mannshoch, ist direkt vor ihrer Nase aufgeschichtet, direkt hinter dem Elektrozaun, der den kleinen Betonvorplatz abschließt, so klein, dass sie sich kaum drehen können, wenn sie zu viert draußen sind, in Kot und Urin stehen bis zu den Fesseln, denn obschon sie sich Mühe geben, nur in die eine Ecke zu kleckern, läuft doch alles über das ganze kleine Geviert, bis zum Futtertrog, so dass sie ausrutschen in dem Schlamm und sich dabei weh tun und manchmal tagelang hinken, wenn sie zufällig an den Elektrozaun kommen mit ihren zarten Rüsselnasen und schreiend in den Stall hineinfliehen vor dem bösen Zaun, hinter dem es eine kleine, ungenutzte Wiese gäbe, nur nicht für sie, denn man müsste um die Wiese einen Zaun ziehen, und der Bauer, derselbe, der mit den Kühen dort hinausgeht, will mit dem kleinen Nebenverdienst der Schweinemast nicht unnötig Arbeit haben.

Aber rechts und links von dem Kotberg können sie doch

die Wiese sehen, können sie jetzt auch die glockenschweren, läutenden Kühe hinausziehen sehen, die womöglich auch lieber ohne das Gewicht am Hals gingen, an ihrer eigenen Schwere genug zu tragen hätten, aber den Zweibeinern, ohne Glocke am Hals, gefällt das so.

Im Steinbruch dagegen ist es heute Morgen ruhig. Still wie die Steinblöcke stehen die Maschinen um den Stolleneingang. Denn es darf heute nicht mehr am freien Fels gearbeitet werden, wo man jahrhundertelang den für Dachplatten besonders geeigneten, schiefrig geschichteten Gneis abbaute.

Der Abbau ist heute ins Berginnere verlegt, da ein weiteres Abtragen der Felswand einen Bergsturz auslösen könnte, wie schon einmal, weiter unten im Tal, vor vierhundert Jahren, doch es sitzt dem Tal und seinen Bewohnern noch immer in den Knochen, als ein ganzes blühendes Dorf ausgelöscht wurde mit einem Schlag, seither hütet man sich vor solchem Blühen.

Die Woche über kann man also die vier Arbeiter – außer Silvio, dem Vorarbeiter, noch drei Grenzgänger, denn von den Einheimischen will sonst niemand mehr die harte und gefährliche und nicht einmal sonderlich gut bezahlte Arbeit machen – morgens nacheinander, nie miteinander (es geht jeder für sich, vielleicht mit einem Stoßgebet), in dem Stollen verschwinden und mittags nacheinander wieder hervorkommen sehen. Mit ihren gelben Schutzhelmen. Breitbeinig, beinah schwankend, wie benommen im ersten Moment vom Tageslicht, wenn sie die Schutzhelme abnehmen, sich über den Kopf streichen, der noch einmal verschont geblieben ist.

Während noch immer die Belüftung läuft, brummend, dröhnend, den ganzen Tag, durch ein dickes Rohr, das in den Stollen führt. Und in die Kaverne im Innern, bereits kathedralenhoch.

Wo sie die Sprengungen vornehmen, mehrmals am Tag. Detonationen, die im ganzen Tal hörbar sind und an den Bergen widerhallen. Und wehe, es bleibt ein Brocken angesprengt, den man übersieht im Scheinwerferlicht und der sich erst später löst, wenn man die Sprengstelle im größeren Umkreis freigefräst hat.

Aber heute nicht, heute ist Samstag. Alles ruhig. Kein Lastwagen holt die Blöcke ab, zur Bearbeitung im billigeren Italien, keiner der zwei gelben Bagger bewegt sich. Die kleine Baracke, wo die Arbeiter ihre Arbeitskleidung haben, steht unbenutzt. Dösend wie die Bagger, die Steine in der Morgensonne. Denn es scheint schon die Sonne dort drüben. Seit einer halben Stunde. Seit sie sich zwischen zwei Felszacken geschoben hat und nun den Stolleneingang und die weitere Umgebung trifft.

Auch auf dem Friedhof ist es ruhig. Es ist noch niemand da, der nach den Gräbern sieht. Auch keine Sonne. Aber das macht nichts. Der Friedhof ist ein vertrauter Ort, direkt hinter der Kirche, von einer Mauer umschlossen. Und es sind alle da, die hier sind. Die nichts sagen, die nie etwas sagen. Dafür auch nicht schimpfen, denkt Andrea.

Ihre Mutter ist da, seit sie denken kann: ein grünlicher Stein, ziemlich rauh, wenn man mit der Hand darüberfährt.

Und auf dem Stein: ein Name. Und vor dem Stein: ein Beet mit Blumen. Und zwischen den Blumen: immer ein frischer Strauß, den macht die Nonna.

Und um das Beet herum: ein niedriges Rändchen aus geschnittenen Steinen. Überall die gleichen Rändchen. Man kann auf den Rändchen gehen.

Das ist nicht einfach. Und gelingt auch nicht immer. Man muss sorgfältig einen Fuß vor den anderen setzen und doch locker sein dabei, wie wenn es gar nichts wäre, ein Spaziergang auf den überall gleich schmalen, kaum halbfußbreiten Steinrändchen eine ganze Grabreihe entlang, von Grab zu Grab, mit ausgestreckten Armen, ohne einmal daneben zu treten. Das ist die Bedingung.

Und man kann in gerader Linie gehen, vorn die Gräber entlang, oder um jedes Grab herum, zweimal um die Ecke biegen, bis zum Grabstein, dann überwechseln auf das nächste Grab. Das ist schwieriger.

Aber heute gelingt ihr nicht einmal der gerade Weg. Sie ist ungeschickt. Muss immer wieder abstehen neben der Umrandung. Wieder von vorn beginnen.

Die Lippen finster zusammengepresst.

Andrea! Das ist Silvio, der ruft. Dann noch einmal –

Doch sie hört ihn nicht. Kann ihn gar nicht hören. Denn da ist der Dorfplatz dazwischen und mehrere Häuser und dann der Wildbach, der aus der Schlucht des Seitentals, von den drei Himmelhohen kommend, herausrauscht.

Immer kühl, mit seinem Gletscherwasser, immer laut.

Seit er denken konnte, rauschte der Bach. Der Bach machte ihn noch wahnsinnig.

Und wo ist jetzt das Kind schon wieder?

Wahrscheinlich ist sie wieder zu Celestina gelaufen.

Er stand noch immer am Fenster, die Hände in den Taschen seiner Jeans vergraben, und sah auf den Platz, ohne Interesse, nicht traurig und nicht froh. Vielleicht bin ich ja gar kein Künstler, hatte er gerade noch gedacht. Aber beinah gleichgültig. Er konnte ein Künstler sein oder auch nicht, in dieser Hinterwelt war sowieso alles egal –

Als plötzlich die Sonne kam. Von einem Moment zum andern war sie da.

Und der Platz im Licht.

Er hatte noch nie so plötzlich, überhaupt schon lang nicht mehr die Sonne kommen sehen. Wenn er aufstand, war es immer ein längst angebrauchter Tag gewesen. Und ob die Sonne schien oder nicht, hatte ihn nie groß gekümmert. Hauptsache, es wurde schnell Abend, gab Abendessen, Gesellschaft, Beizenbesuch, ein Bier, zwei, drei.

Nun überraschte es ihn, wie das Licht den Platz veränderte –

Wie er aber so hinsah, bekam er plötzlich Lust, selber dort draußen zu sein.

Etwas schien ihn zu rufen. Los, Andreas!

Er nahm die Hände aus den Taschen. Lesen konnte er noch den ganzen Tag (falls es am Abend ein Examen geben sollte). Er hatte ja Zeit.

Ortskunde

Als er in die Eingangshalle hinunterkam, stand die Tür offen, der eine Flügel.

Ein Lichtfleck lag auf dem grauen Steinboden, ein Parallelogramm aus Licht. Vor der Schwelle lag der Hund in der Sonne.

Susanna war nirgends zu sehen. Und es war ihm recht. Es wäre ihm peinlich gewesen, wenn er sich hätte rechtfertigen müssen. Aber warum rechtfertigen? Er war schließlich ein erwachsener Mensch.

Farkas, sagte er zu dem Hund, der den Kopf hob – und lächelte.

Drüben bei der Bar, vor der Bank an der Hauswand, unter dem Schild mit dem Wort CALANDA BRÄU, hatte man ein Bartischchen und ein paar Stühle hingestellt, als erwarte man demnächst Gäste.

Ein kleines grünes Lastwägelchen mit ein paar Brettern auf der Ladefläche holperte über das Pflaster, hielt vor der Bar. Ein junger Mann in Handwerkerkleidung stieg aus und verschwand in dem dunklen Hausgang.

Eine Frau mit einer Einkaufstasche ging über den Platz. Verschwand ebenfalls in dem Hausgang.

Im Laden aber war auf einmal Betrieb. Fünf Frauen waren da, und es herrschte beinah ein Gedränge. Franca hatte alle Hände voll zu tun. Und sie hatte es ja gewusst, wenn erst einmal die Sonne kam.

Aber beeilen brauchte sie sich nicht. Man wartete gern. Unterhielt sich noch weiter, wenn man schon fertig war mit dem Einkauf, zu plaudern gab es immer etwas und am Samstag besonders, mit der Aussicht auf (nichts weiter, aber immer von neuem): den Sonntag.

Auch bei Ada sitzt jetzt der erste Gast. Ein Neffe. Sohn eines Bruders von weiter oben im Tal, der gerade mit dem Lastwägelchen gekommen ist. Er sollte heute, wo er frei hatte, etwas bei seinen Tanten reparieren.

Aber zuerst nahm er gern einen Kaffee, saß auch schon, die Ellbogen auf den Tisch gebreitet, den Kopf zwischen den hochgezogenen Schultern, und sah seiner Tante zu, die mit langsamen Bewegungen die Kaffeemaschine betätigte.

Als sie den Kaffee auf den Tisch stellte, sah sie drüben vor dem Palazzo den jungen Mann stehen. Hübsch, dachte sie, hübsch: die rötlichblonden Haare.

Ein Stipendiat, sagte sie zu ihrem Neffen. Ein Künstler.

Die Hand über den Augen. Als sähe er ins Weite.

Er sah aber zu den Bergen hinauf, die ihn gestern Abend so bedrückt hatten. Aus dem dunkelbewaldeten Talausschnitt direkt hinter dem Dorfplatz stiegen sie. Das heißt, er sah nur ihre Spitzen. Bei der Sonne oben: drei scharfkantige, gleißend helle Spitzen.

Sie hatte Maddalena weggehen sehen vom Pfarrhaus. Hatte im selben Moment das Interesse an den Gleichgewichtsübungen verloren, war zum Friedhofstor hinausgeschlüpft, die Treppenstufen zur Gasse hinuntergelaufen.

Und folgte ihr nun, an der Kirche vorbei –

Er sah noch zu den Bergspitzen hinauf, ganz benommen von dieser Himmelshöhe – oder war dieses Hochgestimmte, gleißend Helle (was streift ihn da, Andreas?) aus ihm selber hervorgestiegen für einen Augenblick? –, als sie plötzlich vor ihm stand: nicht ganz so hoch wie die Bergspitzen, aber er musste auch hinaufschauen.

Hallo, sagte er und hatte auf einmal Herzklopfen.

Ob er die Sonne genieße, da habe er recht.

Aber sie blieb gar nicht stehen. Susanna habe angerufen.

Sie sah ihn an mit einem schnellen Lächeln – und war schon an ihm vorbei.

Der Hund, der aufgestanden war, um sie zu begrüßen, ging mit hinein.

Er wäre auch gern mithineingegangen

Aber er war ja: kein Hund!

Dafür fiel ihm jetzt das Kind auf. Bub oder Mädchen? Wusste er nicht.

Es hätte beides sein können: der kastanienbraune Lockenkopf, das Gesicht, der magere kindliche Körper.

Er hatte sich nie für Kinder interessiert, bisher. Hatte auch selber nie welche haben wollen. Seine Freundin schon. Auch das war immer ein Streitpunkt zwischen ihnen gewesen. Warum denn Kinder? Warum denn keine? Gut, dass es vorbei war.

Doch einen Moment lang fragte er sich, was das Kind da tat, warum es sich so verlegen an der Palazzomauer herumdrückte und ihn dabei musterte mit misstrauischem Blick.

Hallo, sagte er.

Ciao, sagte es und lächelte plötzlich scheu.

Dann sprang es davon und verschwand in der Gasse, die bei der Kirche auf den Dorfplatz mündete.

Einen Augenblick blieb er noch stehen, unschlüssig, wohin er gehen sollte. Das CALANDA BRÄU hätte ihn gelockt. Aber zum Biertrinken am Morgen früh war er nun wirklich nicht hier.

Wozu ist er hier? Keine Ahnung im Augenblick.

So ging er in die Gasse hinein, wo das Kind verschwunden war. Erst mal konnte er sich ja das Dorf ansehen.

Schade! – Der junge Mann hätte gern auch zu einem Kaffee kommen können. Aber was tat die Pfarrerin schon wieder im Palazzo? Lief die schon dem Adler nach?

Einen Adler, sagte sie zu ihrem Neffen, habe Susanna seit gestern in ihrer Vogelstation.

Andrea lief an der Kirche vorbei die Gasse bis zum Ende, wo das Haus des Doktors stand.

Dann das Sträßchen durch die Wiesen, am Garten der Nonna vorbei. Celestina war nirgends zu sehen, wahrscheinlich war sie beim Bügeln, zu bügeln hatte sie immer viel.

Dann sah sie bereits die hohe Parkmauer.

Sie lief schnell, um ja nichts zu versäumen.

Sie geht zu dem Adler … Sie geht zu dem Adler …

Die Geschichte von Maddalena und dem Adler hatte

Silvio gestern Abend erzählt, er hatte sie in der Bar gehört: wie Maddalena den Adler nach Hause getragen hatte. In ihren Armen hat sie ihn getragen, den ganzen langen Weg!

Wenn sie nicht da ist, fährt er eben allein nach Chiavenna! Das ist Silvio, der jetzt hinter dem Haus steht, dort unter dem Vordach den Haufen mit Holzklötzen sieht. Den Scheitstock, und die Axt, die in dem Scheitstock steckt.

Eigentlich hatte er Holz hacken wollen. Erst Holz hacken, dann mit ihr nach Chiavenna fahren. Er hackte sonst nicht ungern Holz. Von fern erinnerte es ihn wenigstens an die gute Zeit, als er noch Schreiner gewesen war. Ein Möbelschreiner. Ein anderer Mensch. Aber nun hatte er keine Lust. Er hatte genug von dem Widerstand überall: schon im Steinbruch, Tag für Tag, von dem ihm der Kopf dröhnte, den Sprengungen, dem Steinstaub, dem Lärm der Maschinen. Und nun auch noch von seiner Tochter.

Sie wird bei Celestina sein, wo soll sie sonst sein.

Aber da ruft er jetzt nicht an.

Oder soll er in die Bar gehen?

Nein. Er will weg. Wenigstens über die Grenze. Wenn sie verstockt tut, kann er es auch, wenn sie wegläuft, kann er auch wegfahren. Einmal muss sie merken, dass er nicht alles mit sich machen lässt.

Als die Gasse zu Ende war, und sie war wirklich bald zu Ende, und in einen asphaltierten Wiesenweg überging, sah er an dem letzten Haus, das einen modernen, jedoch, das merkte man gleich, sorgfältig ins Dorfbild eingepassten Anbau hatte, ein Schild mit der Aufschrift: Praxis Dr. med. G. Kennedy.

Komischer Name, dachte Andreas. War er hier doch in einem Weltort gelandet?

Kurz hatte er das Fenster geöffnet, während er von einer Patientin, die gerade gegangen war, die Krankengeschichte nachtrug, mit Füllfederhalter und sorgfältig schöner Schrift. Dann steckte er die Füllfeder zusammen, schloss die Krankenakte, machte auf der Tischplatte ein paar nervöse Trockenübungen mit seinen Pianistenhänden, stand auf.

Ehe er das Fenster schloss, atmete er einmal tief die Luft ein und wieder aus. Die Luft war gut, die hereinkam. Und der Blick vom Sprechzimmer ins Tal hinaus war schön an dem Morgen.

Aber er war müde. Ich werde alt, dachte Kennedy. Für nichts und wieder nichts. Die Zeit heilt nichts. Aber hatte er das wirklich erwartet (er, als Arzt), dass die Zeit Wunden heilt? Die Zeit heilt Wunden, natürlich, aber nicht diese, nicht seine.

Als er das Fenster schloss, sah er einen jungen Mann in den Wiesenweg einbiegen. Rötlichblond! Und plötzlich durchzuckte ihn etwas. Sah er in dem jungen Mann oder hinter ihm, weit hinter ihm und doch sekundenlang gegenwärtig, nur älter geworden, seinen kleinen Bruder: Benjamin –

Er fuhr sich mit der Hand übers Gesicht. Er musste weitermachen! Das Wartezimmer war voll.

Doch als er schon die Tür des Sprechzimmers öffnete,

dachte er noch das Wort Seelenwanderung, das Maddalena gebraucht hatte. Zugleich fiel ihm der alte keltische Glaube ein, die Vorstellung: nicht einer eigentlichen Seelenwanderung. Vielmehr konnten die Toten, da sie frei waren, frei geworden mit dem Tod, sich in wechselnden Gestalten, Menschen und Tieren, zeitweise niederlassen und bei den Lebenden sein …

Bis er zuletzt das Wahrscheinlichste dachte: dass es ganz einfach der Stipendiat war. Er wusste von Susanna, dass sie einen Stipendiaten erwartete, und hatte es von Maddalena gestern Abend gehört, dass er angekommen sei.

Samstags war immer viel Betrieb. Nicht nur samstags. Aber am Samstag vor allem, wo alle Zeit hatten. Aus dem ganzen Tal kamen sie in die Sprechstunde. Und zum Teil auch von weiter her.

Der beste Arzt weit und breit, das sagten alle. (Auch für die Seele, das sagte niemand.) Obschon sie ihm zuerst misstrauisch begegnet waren (und wie), als er anfing vor vielen Jahren.

Gerade hatte man gehört, wie eine Patientin verabschiedet worden war. Ein paar Minuten vergingen. Dann öffnete sich die Tür zum Wartezimmer. Und alle erfasste eine Spannung, als er in der Tür erschien in seinem schneeweißen Arztkittel, dem etwas altmodischen, hinten geknöpften, mit Gürtel und Stehbündchen am Hals.

Alle sahen ihn an, auch wer wusste, dass er noch nicht an der Reihe war, noch lange nicht.

Wäre nicht das Kind am Parktor gestanden, hätte er vielleicht selber einen Blick hineingeworfen, nur so, im Vorbeigehen. Er hätte gern gesehen, wie sie mit dem Vogel zurechtkam.

Doch nun stand das Kind dort. Das Gesicht an den Gitterstäben.

Andreas blieb einen Moment stehen. Er sah das Kind, das Gittertor, die Parkmauer, die hohen Bäume und dahinter den Palazzo, der von hier noch größer wirkte als vom Dorfplatz aus. Und es kam ihm verrückt vor – wenn auch nicht mehr ganz uninteressant –, dass er da nun also wohnte und wohnen sollte einen Winter lang.

Dann ging er weiter auf dem Wiesenweg um das Dorf herum, das nach dem Palazzo bald zu Ende war, ein paar Häuser noch, dann kam schon der Parkplatz, wo er gestern Abend angekommen war.

Ein schwarzer VW Golf fuhr gerade vom Parkplatz weg. Ein jüngerer Mann mit einem braunen Lockenkopf grüßte aufmerksam, als er an ihm vorbeifuhr. Grüßte als Einheimischer den Fremden zuerst.

Andreas grüßte aufmerksam zurück.

Bestimmt der Stipendiat, dachte Silvio im Wegfahren, der Künstler (von dem hatte er doch in der Bar gestern Abend gehört) – und einen Moment später, als er in die Talstraße einbog, mit einem raschen Blick zum Steinbruch hinüber: dass er auch weiter fahren konnte als nur bis Chiavenna.

Bis Como. An den Comer See. Bis Mailand.

In zwei Stunden könnte er in Mailand sein.

Ein Schmetterling, von niemandem beachtet, kommt in diesem Augenblick die Gasse vom Parkplatz herauf- und auf den Dorfplatz geflattert.

Ein Admiral, auf seinem Weg ins Winterquartier. Der, von der Sonne angezogen, vielleicht dachte, in direkter Linie nach Süden zu fliegen und, von seiner Route durchs Tal abgelenkt, einen Abstecher ins Dorf machte?

Aber nun bemerkt er die himmelhohen Berge, so dass er doch lieber den längeren, bequemeren Weg talauswärts nimmt? Jedenfalls soeben in die Gasse vor der Kirche hineinflattert –

Hinter dem Brunnen, wo sich in einer Senkung des Pflasters eine mit Sand gefüllte Kuhle gebildet hat, nehmen zwei Spatzen, abwechselnd und mit viel Gezwitscher, ein Sandbad, bis ein dritter hinzukommt, so dass ein Streit um den Badeplatz entsteht, bis jemand aus dem Laden kommt und alle drei wegfliegen, zum Kirchturm hinauf, zum Glockenstuhl, wo sie auf der Brüstung der Rundbogenöffnung einen Moment lang einträchtig sitzen bleiben.

II. Dunkler Tag

Aufbruch

Vier Wochen später – es war jetzt Anfang Dezember und das Dorf seit drei Wochen im Schatten den ganzen Tag – war der Adler noch immer in der Vogelstation und schon fast eine Berühmtheit. Es war sogar schon einmal ein längerer Zeitungsartikel in der Regionalzeitung erschienen. Mit Bild. Und ein kürzerer in einer der großen Tageszeitungen. (Und das Fernsehen ist wahrscheinlich bloß nicht gekommen, weil Susanna es nicht wollte. Störrisch, wie sie nun mal ist.)

Und auch in den Zeitungsartikeln hatte es gestanden, dass sich der Adler nur von seiner Retterin, der Pfarrerin, Maddalena, füttern und auch ohne weiteres berühren lasse. Sonst lasse er niemanden zu sich. Nur seine Retterin empfange er jedesmal enthusiastisch wie ein Jungvogel seinen Elternteil.

Was wirklich ungewöhnlich sei. Zwar wisse man, dass gerade Adler relativ wenig menschenscheu seien und zähmbar wie Falken. Was aber in dem Fall vorliege, sei nahezu ein Mysterium, da der Vogel von Anfang an diese Anhänglichkeit an seine Retterin gezeigt, ihre Nähe regelrecht gesucht habe, als sie ihn fand, oben auf der Alp.

Und dann hieß es noch, dass man sich, in Absprache mit Fachleuten, dazu entschlossen habe, gerade wegen dieser abnormalen Prägung, nicht um sie zu fördern, sondern ihn womöglich davon zu entwöhnen mit der Zeit, und da der Winter sowieso hart sei für einen Jungvogel auf der Wanderschaft, ihn bis zum Frühlingsbeginn in der Vogelstation zu behalten.

Ada, und nicht nur sie, hatte beide Artikel begierig gelesen und herumgezeigt in der Bar. Trotz der heimlichen Missgunst, die sie hegte. Nicht wegen dem kranken Adler. Wegen der Pfarrerin, die nun auch noch in die Zeitung kam mit ihrem Vogel.

Ihr eigentliches Interesse aber galt nach wie vor dem jungen Mann. Dem Künstler, Andreas. Wenn auch nicht mehr ganz ungetrübt. Da er längst nicht so regelmäßig in die Bar kam, wie sie anfangs gehofft hatte. Und es machte sie ganz nervös, von morgens bis abends den Palazzo im Auge zu behalten, immer in der Erwartung, ihn herüberkommen zu sehen, auf einen Sprung, ihn wenigstens herauskommen, weggehen zu sehen, was allerdings bedeutete, dass sie dann keine Ruhe hatte, bis sie ihn wieder zurückkommen sah.

Und als nun drüben in aller Frühe – sie hatte sich noch kaum recht eingerichtet an dem runden Tisch, Franca war für einen Tag weggefahren, und sie musste heute allein Bar und Laden hüten – der Portalflügel aufging und er heraustrat, gestiefelt und gespornt (Bergschuhe, Rucksack, eine Strickmütze auf dem Kopf), war ihr dieser einzige Mensch auf dem Platz schon wieder wichtiger als das ganze Weltgeschehen, von dem sie in der Zeitung gerade zu lesen begann.

Wo wollte er denn hin so früh am Morgen? Es war ja noch kaum richtig hell.

Und wo es doch schon geschneit hatte, nicht bis ins Tal, das nicht, aber Christoph hatte vor ein paar Tagen erzählt, dass er nicht mehr bis zur Schutzhütte für die Bergsteiger gekommen sei.

Er wollte doch nicht etwa hoch hinauf?

Doch, genau das wollte er.

Immer hatte er den Gang in das Seitental wieder verschoben, obwohl er schon viel herumgewandert war. Ganz gegen seinen eingefleischten, oft bekundeten Widerwillen gegen das Wandern. Seine Freundin war gern gewandert, wäre auch mit ihm zusammen gern gewandert, und anfangs war er sogar manchmal mitgewandert, aus lauter Verliebtheit, gerade diese altmodischen Züge an ihr hatte er zuerst sehr gern gehabt, ihre Lust am Wandern, überhaupt an der Natur. Doch dann war seine Unlust wieder stärker geworden. Oder die Liebe schwächer.

War er jetzt von neuem verliebt (ohne Erfolg, aber um so unruhiger, vielleicht sollte ein Engelsflügel ihn streifen, ein Adlerflügel, irgendetwas, was ihn ein bisschen interessanter machte), dass er wieder wanderte, wenn auch meist allein? Überall hinaufstieg, wo man hinaufsteigen konnte an einem Tag. Vor allem auf der anderen Talseite. Der Sonne nach.

Nur eben in das Seitental, an dessen Ausgang das Dorf lag, war er noch nie hineingewandert, aus einer unerfindlichen Scheu oder weil die Schlucht, wo der Bach herausrauschte, so tannenfinster war. Nie bis zur Schutzhütte für die Bergsteiger, zum Fuß der drei Himmelhohen (den Hausgöttern, wie Maddalena sagte, von denen er auch schon geträumt hatte, sie hatten sogar schon einmal zu ihm gesprochen im Traum), wo er nun endlich hin wollte. Wahrscheinlich war es die letzte Gelegenheit. Der Wetterbericht hatte Schnee angekündigt, für heute aber noch einmal gutes Wetter.

Etwas versprach er sich von diesem Aufstieg.

Er wusste auch nicht recht was.

Und im ersten Moment, als er aus dem Palazzo trat, in einen feuchtkalten Morgen, der Himmel noch dämmergrau, ebenso die Bergspitzen, die Luft erfüllt von einem feinen, durchsichtigen Nebel (wer vernünftig ist, dachte Ada, bleibt jetzt in seinem Schlupfwinkel!), über den Platz ging, neben der Bar in die Gasse hinein, und über die Brücke (kurzer Blick in die Schlucht), nach der rechter Hand der schmale Pfad, ein dunkler Waldpfad, abzweigte, fragte er sich, ob das Ganze nicht einfach eine Schnapsidee sei.

Ganz harmlos war es dann von Anfang an nicht. Der Weg wurde sofort steil, und er musste aufpassen bei den Baumwurzeln und Steinen, die sehr glatt waren. Er glitt auch ein paarmal aus, obwohl er gute Schuhe hatte, richtige Bergschuhe. Das war etwas vom ersten gewesen: dass Susanna ihn nach Chiavenna geschickt hatte, damit er sich dort richtige Schuhe kaufe. Diese Turnschuhe, oder was er da immer anhabe, seien ja gar nichts.

Er stürzte nicht schlimm, befand sich nur plötzlich auf allen vieren, was ihm immerhin das Gefühl gab, dass ihn dieser Weg von Anfang an mehr herausforderte, als er gedacht hatte.

Eine Stunde ging er so im Wald, immer steil aufwärts, einmal auch ein Stück weit in einer Schneise, die aussah wie eine Skiliftschneise, aber hier gab es keinen Wintertourismus, dafür war es überall viel zu steil, und die wohl von einer Lawine oder eher einer Rüfe gerissen worden war, die gerade noch Halt gemacht hatte über dem Dorf, es lagen auch große Geröllbrocken an der Seite.

Bis er auf einen Fahrweg traf, der ein Stück weit neben dem Bach, der rechts von ihm in der Tiefe rauschte, aufwärts führte und dann in einem Kehrplatz endete. Bis hierhin konnte man immerhin, von der anderen Dorfseite aus, noch mit dem Auto fahren. Er hätte auch auf dem Fahrweg gehen können, der bequemer gewesen wäre, aber bedeutend länger.

Auf dem Kehrplatz stand kein Auto. Offenbar war er ganz allein in dem Tal.

Das hatte er nicht anders erwartet. Und doch berührte es ihn einen Augenblick seltsam, da der richtige Aufstieg erst begann. Es gab auch einen kleinen Wegzeiger, auf dem der Name der Berghütte stand.

An einem Pfahl, der neben dem Weg eingeschlagen war, hingen zwei Zettel, in Plastik gehüllt und mit Reißnägeln befestigt. Auf dem einen stand bloß, dass die Hütte nicht mehr bewirtet sei, was ihn nicht wunderte. Das hatte Susanna gesagt, dass die Hütte geschlossen und die Saison für Kletterer Ende September gewöhnlich vorbei sei, dann liege meist schon der erste Schnee in der Wand.

Das zweite, darunter befestigte Blatt, er musste sich etwas bücken, um es zu lesen, war eine Art Vermisstmeldung. Das heißt, eine Bitte der Eltern, deren Sohn in der

Wand verunglückt war: 600 Meter in die Tiefe gestürzt, hieß es. Nun baten sie, da man offenbar seinen Rucksack irgendwo gesehen hatte auf der Kletterroute, dass man, wenn sich die Möglichkeit ergäbe, etwas daraus mitnehmen möchte und abgeben bei der Hütte, damit sie doch noch ein letztes Andenken hätten an ihren Sohn.

Auch diese Botschaft hätte ihn vielleicht nicht so betroffen, er wusste, dass es hier praktisch jedes Jahr tödliche Kletterunfälle gab, hätte er es irgendwo unten, im Dorf, und nicht hier oben, so verloren an dem Pfahl, gelesen.

Wie eine Bitte, Botschaft gerade an ihn.

Das heißt: ins Leere. Da er ja kein Bergsteiger war.

Er las noch Geburtsjahr und Todestag des Verunfallten (Giacumbert hieß er, recht gebirglerisch) und sah, dass er fast gleich alt gewesen war wie er selbst.

Wirklich: fast gleich alt!

Übrigens, dachte er im Weitergehen, wollte er nach dem Rucksack dann doch suchen, wenigstens von weitem. Fast schien ihm das jetzt ein Ziel zu sein, den roten Rucksack wenigstens zu sehen (rot, hatte es geheißen). Mit dem Fernglas, das er eingepackt hatte. Ein altertümlich schweres, aber gutes Glas, das ihm Susanna gleich zu Beginn mitgegeben hatte auf seine Wanderungen. Das alte Jagdglas ihres Vaters. Tragen Sie Sorge dazu.

Von der Wand sah er aber noch nichts. Überhaupt nichts von den Bergen. Nur vom Dorfplatz aus hatte er kurz ihre

Spitzen gesehen. Doch seither waren sie verschwunden. Er befand sich noch immer zu tief im Tal drin, als dass er schon einen freien Blick auf das Talende gehabt hätte.

Und er wusste es von seinen Wanderungen auf der anderen Seite des Haupttals, wo er oft hier herübergesehen hatte, dass die drei nicht so nah hinter dem Dorf aufstiegen, wie das von unten den Anschein hatte, dass das Seitental lange anstieg und tief hineinführte bis zu ihrem Fuß.

Das waren meist schöne, sonnige Tage gewesen, und die drei hatten immer, wie entrückt, hoch über der Talenge, ihre eigene Affäre mit dem Himmel gehabt – und gerade so auch immer etwas pittoresk gewirkt. Er ahnte aber, dass sie, aus der Nähe und aus ihrem eigenen Tal gesehen, noch einmal etwas ganz anderes sein würden.

Das auch nicht direkt mit dem zu tun hatte, was er inzwischen über die drei wusste, da er dann doch irgendwann angefangen hatte, in Susannas Büchern zu lesen, erst völlig verständnislos in einer verstiegenen Welt von Namen und Begriffen, dann aber zunehmend gefesselt, mit einer Neugier, über die er sich selber wunderte, als er im Talmuseum, das man extra für ihn öffnete, den Winter über war es sonst geschlossen, auch noch die längste Zeit, bis er fast erfror, die unzähligen Gesteinsproben studierte, die ein Lehrer und Naturforscher aus dem Tal zusammengetragen hatte, ein Leben lang.

So wusste er jetzt, dass es sich bei den dreien um ein besonderes Gestein handelte. Dass sie mit rund 30 Millionen Jahren noch jung waren, Jünglinge geradezu, verglichen mit dem mehr als hundert Millionen Jahre älteren, aus Sedimentgestein bestehenden Bergmassiv der anderen Talseite.

Und dass dieser helle Granit, aus dem sie bestanden, sich aus einer magmatischen Masse gebildet hatte, die, so vermutete man jedenfalls, durch einen in der Erdoberfläche entstandenen Riss mit Riesengewalt heraufdrängte, ohne die Gesteinsschicht, die da schon war, ganz zu durchbrechen, so dass ein ungeheurer Druck entstand und unheimlich hohe Temperaturen, in denen das Magma sich verdichtete zu ungewöhnlicher Härte, während die obere, ältere Gesteinsschicht allmählich verwitterte und diese hellen, hohen, kristallscharf geschnittenen Formationen freigab.

Freigegeben, wie aus einer Gussform gekommen: so waren sie ihm dann auch wirklich erschienen, wenn er sie von der anderen Talseite drüben sah. Riesengestalten, die sich von einer Verkrustung hatten befreien müssen, um, so ungeheuer eigenwillig, sie selbst zu sein.

Unterdessen hatte sich der Wald gelichtet. Es wurde kahler um ihn, auch freier. Die Schlucht hatte sich zum Tal erweitert. Kein sehr weites Tal, aber doch längst keine Schlucht mehr. Irgendwo musste ein Übergang gewesen sein, den er nicht bemerkt hatte.

Es war jetzt zweifellos wirklich Tag. Aber doch nicht richtig hell. Der Himmel war grau geblieben. Eine kompakte graue Decke. Kam der Schnee früher als prophezeit?

Einmal gab es noch zwei halb verfallene Alphütten, die anzeigten, dass da einmal ein Maiensäß gewesen war. Von einem dritten Gebäude standen nur noch Grundmauern, schon fast verschwunden unter hohem Gras.

Ganz aus der Baumgrenze heraus war er aber noch nicht.

Es war so eine Mischzone, ein Durcheinander aus Gras, Gebüsch, vereinzelten Bäumen. Alles kahl, bis auf die Tannen und Föhren. Aber auch das Nadelgrün wirkte winterlich, wie das Kalkweiß der kleinen Birken, das Schwarzbraun der Lärchen, die Büschel roter Beeren, die hier und da, zusammen mit ein paar losen Blättern, noch an den Sträuchern hingen.

Als er an einem kniehohen Dickicht von Himbeerranken vorbeikam, bückte er sich, um eine vertrocknete, blutstropfenkleine Himbeere zu probieren. Schmeckte nicht einmal schlecht. Er suchte noch ein paar weitere. Aber die schmeckten nun nicht mehr so gut wie die erste.

Dann näherte sich der Weg dem Bach. Nicht ganz jedoch, er blieb etwas oberhalb. Doch rauschte rechter Hand jetzt immerzu das Wasser, nicht sehr laut, aber ungeheuer eilig, dahin, wo er herkam, grünblaugrau und schäumend und kleine Stautümpel bildend an den zum Teil gewaltigen Blöcken, die kreuz und quer im Bachbett lagen.

Es fiel ihm auf, dass viele von ihnen einen ungewöhnlichen eisenroten Belag hatten. War das Wasser hier so eisenhaltig? Doch dann schienen es ihm eher Flechten zu sein. Flechten gab es hier überall an den Steinen, graugrüne und schwefelgelbe. Aber so eisenrote hatte er noch nie gesehen. Und er hätte gern gewusst, wie es zu dieser Besonderheit kam.

Vielleicht sollte er Naturforscher werden, dachte er, nicht ganz im Ernst, während er auf dem nicht besonders steilen, aber unruhig gestuften Weg aufwärtsstieg, ein höherer Tritt links, ein niedrigerer rechts, dann wieder umgekehrt, die Daumen in den Riemen seines Rucksacks, eine Weile nur auf den Weg konzentriert, da er bei jedem Schritt sehen musste, wo er am besten hintrat.

Oder doch noch einmal Künstler?

Aber an Kunst hatte er nun schon lang nicht mehr gedacht. Vor allem nicht an seine eigene, um die er einen Bogen machte, seit er hier war, wie um einen heißen – eher kalten Brei. Und was ihn zuerst beängstigte – denn was war er ohne seine Kunst, vielmehr ohne das Bewusstsein, ein Künstler zu sein, trotz allem –, war ihm dann zunehmend recht.

Wie blöd war er ja zuletzt zu jeder Ausstellungseröffnung gerannt, um nur irgendwie dabei zu sein, mit allen anderen, die auch keine rechten Künstler mehr waren und doch nicht von dem Betrieb lassen konnten. Ohne jemals davon zu reden, hingen sie auf diesen Eröffnungspartys herum, lustig, lustig, und doch eigentlich Trauergäste, da nie etwas von ihnen ausgestellt war und jeder für sich den Traum vom großen Erfolg gerade noch einmal von neuem beerdigte. Manche hatten dann plötzlich ein Kind, und damit wenigstens eine Ausrede.

Als er stehen blieb und zurücksah, merkte er, dass er schon höher gestiegen war, als er gedacht hätte. Das ging doch erstaunlich schnell.

In dem dunkelbewaldeten Talausschnitt sah er nur noch die Berge auf der anderen Seite des Haupttals. Er war auf seinen Wanderungen bestimmt schon weiter weg gewesen von dem Dorf. Aber noch nie so eingeschlossen in einer Welt für sich.

Als habe er irgendwo eine Grenze überschritten – in die Stille hinein.

Es fiel ihm plötzlich auf. Und wie er auch das Bachrauschen, sowieso nicht besonders laut, längst zu der Stille zählte.

Es war, seit er hier war, schon oft still um ihn gewesen. Auch im Dorf war es meist still. Doch hatte er es bisher immer als Abwesenheit empfunden, als Zeichen seiner Entfernung von den lauten Zentren der Menschenwelt.

Hier war es zum ersten Mal etwas anderes, Eigenes.

Er begriff es nicht. Ahnte aber so etwas wie ein zusätzliches Element, das vielleicht nur für ihn, da er keinen anderen Sinn dafür hatte, die Erscheinungsform der Stille annahm.

Und er wunderte sich ein bisschen, dass er es aushielt. Gerade noch aushielt. Noch vor vier Wochen, zu Beginn seines Aufenthalts, hätte er es jedenfalls nicht ausgehalten.

Hoher Gruß

Der Weg mäanderte nun immer etwas oberhalb des Bachs der rechten Talseite entlang. Einmal ging es steiler aufwärts, dann wieder ein Stück eben fort, dann wieder etwas hinunter, aber insgesamt stieg doch das Gelände mit ihm zusammen die ganze Zeit an.

Als er einmal an einem größeren Felsvorsprung hinaufgestiegen war und um die Ecke bog – ließen sich plötzlich die Berge wieder sehen! Zuerst nur einer von ihnen. Der berühmteste, mit der gefährlichen Nordostwand.

Ein atemraubend hoher Klotz war das von hier aus, und

so nah plötzlich, dass er wie angewurzelt stehen blieb, einen Moment lang wirklich unsicher, ob er sich diesem Ungetüm noch weiter nähern sollte.

Dabei kam ihm der Verunglückte wieder in den Sinn. Giacumbert. Und er fragte sich, was er gefühlt haben mochte, als er hier stand, genau hier, vor drei Monaten, bei diesem ersten Blick auf die Wand?

Freude, Aufregung, wilde Entschlossenheit? Oder doch auch Angst? Hatte er eine Todesahnung gehabt? War das Bewusstsein der Todesgefahr das Erregende? Oder eher die Obsession, ihr zum Trotz den Gipfel zu erreichen? Mit äußerster Kraft und Körperbeherrschung gerade das Abweisendste zu bezwingen. Sich selber dabei zu fühlen, wie nie sonst?

Oder war die Erregung, weniger heldenhaft, eher eine erotische? War es eine Art Symbiose, die entstand, wenn man einmal in der Wand war, vollkommen konzentriert auf den Fels und seine Beschaffenheit: zwischen dem großen Berg und dem kleinen Kletterer? Er hatte nie Bergsteigerberichte gelesen, das hatte ihn nie interessiert.

In der Kunst, hatte er immer gedacht, und das war gerade das Schöne daran, kam man ohne Kletterei, mit einer Glanzidee zum Gipfel.

Hatte bloß nicht funktioniert. Bei ihm nicht, bei ihm immer weniger. Bei anderen schon. Und die Glanzidee konnte auch totaler Mumpitz sein, Hauptsache, man kannte die richtigen Leute.

Und eine Wut packte ihn plötzlich auf den ganzen Betrieb, dem er vollkommen hörig gewesen war, je mehr der Betrieb ihn ignorierte, umso höriger: ein Wurm vor all den Kunstmachern, Königsmachern, die selber gar keine Künstler waren und doch immer bestimmen wollten, was Kunst sei und wer ein Künstler.

Er hob einen Stein auf, keinen allzu großen, aber doch groß genug, um einen Menschen, wenn nicht gerade zu zerquetschen, doch eventuell zu erschlagen, und schmiss ihn blindwütig talwärts. Krümmte damit keinem seiner virtuellen Peiniger (durchaus auch weiblichen Geschlechts) ein Härchen, natürlich nicht, versetzte höchstens einem anderen Stein eine Kopfnuss.

Und doch erleichterte es ihn jetzt. Als falle ihm – nicht gerade ein Stein, eher etwas Weiches, Lähmendes, ein krankhaftes und gekränktes Verlangen nach Erfolg und Gefallenwollen vom Herzen: in dieser Welt, die noch nie etwas von Kunstbetrieb gehört hatte. Nein, nie!

Auch von allem Möglichen anderen nicht, natürlich. Und noch vor kurzem hätte er in den Steinmassen, die sich da vor ihm aufbauten, nichts als imposanten Stumpfsinn gesehen. Das pure Gegenteil von allem, was ihm als Kunst erschienen war bisher.

Nun erschienen sie ihm auf einmal wie die uralten Hüter der Stille, in der er schon die ganze Zeit gegangen war und die vielleicht sehr wohl mit Kunst zu tun hatte, er wusste nur noch nicht wie.

Spürte aber im Weitergehen eine seltsame Anziehung, zugleich Herausforderung, aber nicht, als sollte er Bergsteiger werden, es war etwas anderes, das stärker wurde, je mehr er sich dem Talende näherte, wo schließlich alle drei sichtbar wurden: samt dem Gletscher, der den rechten, höchsten von den zwei anderen Gipfeln, dem pyramidenförmigen mittleren und dem scharf gezackten linken, trennte und ihn zugleich mit diesen verband.

Und nun sah er auch den hohen Felssockel, auf dem das ganze Massiv wie ein Riesendenkmal ruhte.

Unheimlich in sich selbst versunken, unter dem grauen Himmel.

Wage es nicht mich zu berühren! (Was ihm gerade einfiel. Maddalena hatte es einmal zu ihm gesagt, im Traum.)

Unvorstellbar, dass man in diese Fels-, Schnee-, Gletscherwelt einfach so hineingehen, gar an ihr herumklettern könnte, dass da an schönen Sommertagen ganze Heerscharen an ihr herumkletterten, die Seilschaften sich teilweise schon in die Quere kamen.

Als hätten sie sich nur einmal kurz gereckt und alles von sich abgeschüttelt. Und jetzt waren sie wieder für sich. Wie sie es Millionen Jahre gewesen waren.

Die Welt hat ohne den Menschen begonnen, und sie wird ohne ihn enden.

Wo hatte er diesen Satz gelesen? Und konnte es sich in diesem Moment problemlos vorstellen.

Und fühlte gleichzeitig seine eigene kleine Anwesenheit wie noch nie.

Als hätten sie, in aller Stille (und Millionen Jahre?), eben doch auf sein Erscheinen gewartet.

Da ist er ja endlich, Andreas!

Die andere Seite

Übrigens, das sah er jetzt, würde er zu der Schutzhütte gar nicht kommen. Er sah sie zwar nicht, sah aber die Mulde hoch oben, unter dem linken Gipfel, wo sie, von einem Felsvorsprung verborgen, liegen musste, und sah, dass dort schon zu viel Schnee lag.

Gut, dort hinauf musste er auch nicht unbedingt. Er würde einfach so weit gehen wie möglich und dann umdrehen. Vielleicht fing es sowieso bald an zu schneien.

Auf der linken Seite des Wegs erhob sich schon seit längerem eine hohe, teilweise noch immer bewachsene Felswand, über deren Rand immer wieder kleine Wasserfälle kamen, aber nicht rauschend, sondern in einzelnen Rinnsalen, die sich erst unten an der Felswand zu Bächlein sammelten, über die er mit einem einzigen größeren Schritt gehen konnte.

Dann stieg der Weg wieder etwas an, lief aber noch immer direkt auf das Talende und die Berge zu. Bis er unvermutet abbrach und, mit einemmal sehr steil, durch eine Art Canyon, in die Felsen hinaufführte.

Nun musste er sich entscheiden, ob er wirklich da hinauf noch wollte.

Er blickte in dem Canyon hoch und sah, dass oben auf der Felskante (und weiter sah man nicht, wie der Weg ging) bereits Schnee lag. Einen Augenblick zögerte er noch. Dann beschloss er umzudrehen.

Aber einfach umzudrehen schien ihm nun doch ein

bisschen langweilig, nach dem erwartungsvollen Aufbruch etwas gar zu bescheiden.

Er sah über den Bach zur anderen Talseite hinüber. Dort drüben gab es zwar offensichtlich keinen Weg. Aber das Gelände sah nicht weiter schwierig aus.

Irgendwie, überlegte er, müsste er von dort drüben zu der Alp kommen, wo er einmal gewesen war. Und von der Alp führte dann sogar ein Fahrweg ins Tal hinunter. Das wäre jedenfalls spannender, als denselben Weg wieder zurückzugehen.

Es lockte ihn plötzlich, dort hinüberzugehen, wo es so unbegangen aussah. Und gleichzeitig, als sei er irgendwann, als Kind oder früher oder später oder auch nur im Traum einmal in dieser Landschaft, genau in dieser, gegangen. In dieser spärlich bewachsenen Einöde, dieser leicht ansteigenden, zu den hohen Bergen geradezu feierlich ansteigenden Fels-, Geröll-, Gebüsch-, Steinbrockenlandschaft. Wo ganz für sich noch eine einzige große, mit starken, waagrechten Ästen wild um sich greifende Tanne stand.

Eine Wettertanne. Nannte man das so?

Er ging auf dem Weg wieder etwas zurück, bis er zu einer günstigen Stelle kam, wo er zum Bach hinuntersteigen konnte.

Über den Bach zu kommen war dann kein Problem. Es gab nicht besonders viel Wasser und auch noch kein richtiges Bachbett. Das Wasser schlängelte sich erst suchend, auf mehreren Wegen, durch die Steine, auf denen er gut gehen konnte.

Und doch hatte er sofort das Gefühl, es habe sich mit dem Überqueren des Wassers etwas verändert. Als habe er noch einmal eine Grenze überschritten. Als beginne, nur wenige Schritte vom offiziellen Weg entfernt: die Wildnis? Begann so ein Abenteuer? Willkommen, Abenteuer!, dachte er in einem Anflug von Übermut.

Als zwei Vögelchen zu ihm hergeflogen kamen. Er hatte sich schon die ganze Zeit gewundert, dass er überhaupt keine Tiere sah. Hier jagten sie doch angeblich alles Mögliche. Dabei hatte auf dem ganzen Weg noch kein einziger Vogel gepiepst, was ihm sogar aufgefallen wäre.

Aber nun waren da plötzlich die zwei Vögelchen, wie aus der Luft gezaubert, grün und gelb, auf dem Kopf ein wenig rot. Sie setzten sich auf zwei größere Steine rechts und links von ihm. Der eine da, der andere dort.

Dann wechselten sie den Platz.

Blieben aber, scheinbar mit Absicht, in seiner Nähe.

Wie Kundschafter. Was kommt denn da für einer?

Die zwei begleiteten ihn dann ein kleines Stück, während er weiterging, flogen vor ihm her, von Stein zu Stein, immer piepsend, als verständigten sie sich miteinander über diesen späten Wandersmann. (Oder wollten sie ihm etwas mitteilen und er verstand sie nur nicht?)

Bis es ihnen verleidete.

Und im ersten Moment vermisste er sie direkt.

Er hätte jetzt gern ein wenig Gesellschaft gehabt. Es war vorher schon einsam gewesen. Aber so ohne Weg noch einmal ganz anders.

Auch war das Gelände schwieriger, als er gedacht hatte. Er musste bei jedem Schritt sehen, wo er hintreten konnte in dem Mischmasch von spärlichem Grasboden, nacktem Fels, scharfkantigen Steinbrocken und kleinwüchsigem Staudenzeug. Und er war nun nicht mehr sicher, ob er hier zu der Alp wirklich kommen würde. Er kannte sich in dieser Landschaft ja überhaupt nicht aus.

Vielleicht sollte er erst einmal etwas trinken, ehe er weiterging.

Er suchte sich einen flachen Stein in der Nähe der großen Tanne, und öffnete seinen Rucksack (seinen ebenfalls roten). Er hatte einen ordentlichen Proviant dabei, da er sich eine anstrengende Tour vorgestellt hatte. Nun hatte er gar keinen Hunger. Er wollte nur ein Bier trinken, und dann weitergehen.

Zu lang würde er hier sowieso nicht sitzen. Es war kalt. Auch schien der Himmel, zunehmend bleigrau, immer tiefer herabzukommen.

Es war wirklich ein dunkler Tag.

Er öffnete die Bierdose, trank einen Schluck. CALANDA (es rührte ihn beinah, dass es mit ihm bis hier heraufgekommen war). Dann noch einen.

Das tat jetzt gut.

Er hockte auf dem Stein, die Unterarme auf den Knien, die Bierdose zwischen seinen Händen, und erinnerte sich plötzlich an ein Bild mit diesem Titel.

Der dunkle Tag. Oder hieß es: Der düstere Tag?

Dann erinnerte er sich auch an den Saal, in dem es hing, zusammen mit all den anderen Bildern dieses Malers. Im Kunsthistorischen Museum in Wien war es gewesen. Und er hatte fast einen Tag lang in dem Saal gesessen, zwischen diesen Bildern, diesen traumstillen und aufwühlenden, hatte sich nicht trennen können, gerade auch von dem einen, besonders traumstillen, aufwühlenden, schwermütig zerrissenen, dabei ungeheuer lebendigen nicht, wo alles so klar in seiner Gestalt erschien, jedes Ding, jede Figur, und die ganze Landschaft, gerade unter dem grauen Himmel wie glühend, wie verwildert auch, in einer düster glühenden Präsenz.

Er trank noch einen Schluck Bier. Und spürte auf einmal eine unheimliche Sehnsucht nach einem solchen Saal voller Bilder. Dabei auch eine wilde Wehmut, wie er jetzt an diese Anfänge dachte, wo er noch Bilder angesehen hatte, auch alte. Als ihn die Kunst noch mit Macht ergriffen hatte, die fremde, und dann auch die eigene. Und es kam ihm vor, als habe er die längste Zeit in einer Art Auslöschung gelebt.

Auf Brueghels Bild war es allerdings ein stürmischer Tag gewesen, unter einem windzerfetzten Himmel. Wohl eher ein Vorfrühlingstag. Im Vordergrund, erinnerte er sich, stutzten ein paar fast gesichtslose Gestalten, seltsam unbekümmert um das doch stürmische Wetter, ein paar kahldunkle Bäume. Während unten, in der Tiefe, ein breiter Fluss mit einer bestechend schönen Biegung hinaus zum Horizont führte, wie fast schon zum Meer, wo eine nicht mehr ganz zu dem düsteren Tag gehörende Helligkeit sich breit machte.

Während er vor diesen Bergen saß, mitten im Tal jetzt direkt unter ihnen: wie vor dem endgültigen Weltabschluss.

Es war vollkommen windstill. Nur von dem Gletscher herab, in dessen Falllinie er sich befand, kam ein eisiger Hauch.

Konnte es sein, dass man von der Einsamkeit umkam, einfach so, ganz still in der Stille? Eine lautlose und endgültige Auslöschung?

(Hat er nicht immer gedacht, früh zu sterben, Andreas?

Doch, doch, aber nicht so. Und auch nicht jetzt.

Gerade jetzt nicht. Ich bin noch nicht fertig!, dachte er unruhig.)

Vielleicht würde er dann doch auf dem gewöhnlichen Weg wieder zurückgehen. Aber etwas wollte er noch nachprüfen.

Er stellte die Bierdose neben sich, nahm das Fernglas aus dem Rucksack, stützte die Ellbogen auf die Knie, um das Glas ruhig halten zu können.

Dann erschien, kreisrund, das Nächstliegende im Blickfeld, aber nun noch einmal sehr viel näher herangerückt: die hohe Felsstufe mit dem Geschlängel und Geflecht unzähliger Adern, in denen das Wasser des Gletschers über die an dieser Stelle nicht senkrecht abfallende, sondern abgeflachte Felsstufe herabrann.

Dort glänzte der Fels fast schwarz. Das Wasser aber schimmerte zugleich düster und eishell.

Er hatte vorhin, mit bloßem Auge, gedacht, vielleicht sei beides schon vereist. Und hatte es mit dem Fernglas nachprüfen wollen. Nun sah er, dass das Wasser ungeheuer schnell herabrieselte und dass das, was glänzte an dem Fels, nicht Eis sondern Wasser war, das nicht nur in den auch von weitem gut sichtbaren Adern über die Felsstufe herabrann, sondern als wässriger Film in der ganzen Breite des Gletschers.

Er sah eine Weile das Wasser an und den Fels. Und fragte sich, woher dieser quecksilbrige Schimmer des Wassers kam. Fast wie auf Brueghels Bild der Fluss, dachte er. Vielleicht hatte ihn überhaupt dieser Schimmer auf Brueghels Bild gebracht. War das nun, was man Gletschermilch nannte? Die Farbe der Gletschermilch? Oder bekam das Wasser von dem schwarzen Fels, im Kontrast, seinen hellen, zugleich düsteren Glanz? Ein Reflex des Himmelslichts konnte es bei dem Wetter ja nicht gut sein, oder doch?

Das wusste er nun auch nicht.

Aber er fühlte auf einmal, dass mit seinen Augen etwas vorging –

Als erwache er gerade aus einer Taubheit. Als habe man ihm, wie in der Kindheit ein paarmal die Ohren, soeben die Augen ausgeblasen.

Was seltsam war, da er doch durch das Fernglas sah. Aber es war, als sei eine Trennscheibe zwischen ihm und dem Bild lautlos zersplittert.

Es gab nicht mehr: ihn hier – und dort das Bild.

Er war draußen oder das Bild in ihm drinnen, fiel in ihn

hinein, füllte ihn vollkommen aus. Als sei er selbst – und ein paar Sekunden lang, während er nichts dachte, *war* er es selbst: der Fels, glatt geschliffen und feucht glänzend, und das Geflecht der Wasseradern –

Während er doch gleichzeitig alles sah, lebendig wie nie zuvor.

Das dauerte vielleicht nur ein paar Herzschläge lang. Dann verging es wieder.

Nicht ganz jedoch. Etwas Aufgekratztes blieb in ihm, zusammen mit einer Ruhe und Konzentration, wie er sie noch nie erfahren hatte, als sei die Stille des Tals und die besondere uralte der Berge nun auch in ihn übergegangen.

Aber als Gegenwärtigkeit.

Er spürte es, während er noch etwas höher hinaufwanderte: mit den Augen.

Über der Felsstufe sah er den Abbruch des Gletschers. Grau war das Eis dort, Eis und Schutt vermischt, und schauderhaft zerklüftet, gewaltige Spalten liefen, verworren gestaffelt, querüber.

Dabei fiel ihm ein, was ihm das Kind, Andrea, erzählt hatte. Sie hatte angefangen, ihn gelegentlich zu begleiten, wenn er durchs Dorf ging oder auch auf kürzeren Gängen, was ihn jedesmal ein bisschen irritierte, da er nicht recht wusste, was er mit ihr anfangen sollte. Es schien ihm auch ein versponnenes Kind zu sein. Oder waren Kinder so? (War er selber einmal so gewesen?) Dass sie an Berggeister glaubten?

Von einem kleinen Berggeist hatte sie ihm jedenfalls erzählt, falls er das richtig begriffen hatte, in der wilden Mischung aus Deutsch, das sie aber nur schlecht sprach, und dem einheimischen Dialekt, den er erst allmählich etwas zu verstehen begann: dass der kleine Berggeist in der Höhle unter dem Monolith wohnte.

Dass er aber seine Schätze, uralte Schätze, die er geerbt hatte, viele, viele Edelsteine, hoch oben, in einer Höhle am Ausgang des Gletschers, verborgen hatte. Und immer vor dem Winter musste er nach ihnen sehen, den Schatz tiefer hineintragen, wenn der Gletscher den Sommer über wieder geschmolzen war. Er hatte viel zu tun damit, seit der Gletscher immer zurückging.

Andreas musste lächeln, als er an die schimmernden Schätze dachte, während er doch nichts als Eis und Schutt sah –

Als er plötzlich ein Geräusch hörte. Etwas rauschen und einbrechen hörte in die Stille, dass er förmlich zusammenzuckte und erschrocken den Feldstecher abnahm.

Auf der Wettertanne, dem obersten, buschigsten Ast war er gelandet – eben dabei, sein Gefieder zusammenzufalten: ein Adler?

Ein Adler! Ohne Zweifel.

Und einen Augenblick dachte er: *der* Adler, Susannas Adler, Maddalenas Adler, sein Mitgast und Rivale sei ihm hier herauf gefolgt.

Sogar streifte ihn die verrückte Vorstellung, Susanna habe ihm den Vogel nachgeschickt. Als Bewacher. (Was tut er eigentlich da oben?)

Dann fiel ihm ein, dass es in dem Tal tatsächlich ein Adlerpaar gab. Hatte er also Besuch bekommen von dem Bewohner, Bewacher, Herr oder Frau dieses Tals?

Hallo, sagte er leise. Und grüßte ehrerbietig mit einem Kopfnicken.

Ob der Vogel ihn überhaupt wahrnahm?

Jedenfalls sah er nicht zu ihm hin.

Hatte ihn aber vielleicht trotzdem scharf im Blick.

Denn er wusste unterdessen, dass Adleraugen, speziell geformt, nicht nur den zentralen Teil des Gesichtsfeldes vergrößerten wie ein Fernglas, sondern dass sie auch zwei Brennpunkte hatten, die es dem Tier erlaubten, gleichzeitig nach vorn und zur Seite zu sehen. Vielleicht sah er ihn also sehr genau. Aus dem Augenwinkel.

Der Vogel schien ihm sehr groß zu sein. Größer noch als der ihm bekannte. Das Gefieder war einheitlich braun, der scharfe Kopf lang und hager. Nicht mehr füllig und lebhaft gefärbt wie der von dem Jungvogel. Wahrscheinlich ein älteres Tier. Auch ohne Fernglas sah er ihn in allen Einzelheiten. Und fühlte, fast körperlich: die Nähe.

Hatte er ihn nicht bemerkt, weil er so ruhig auf dem Stein gesessen hatte? Oder war er mit Absicht hergekommen?

Als Beute kam er ja wohl nicht in Frage. Menschenfleisch, das wusste er unterdessen, nahm ein Adler nur zur Not an, nur in sehr harten Wintern, wenn es zu wenig Fallwild gab, dann könne er auch einmal einen gefallenen Soldaten annehmen, es gebe Berichte davon, hatte Susanna gesagt.

Oder einen verunglückten Bergsteiger, früher, als man sie nicht immer habe bergen können vor dem Winter.

Suchte er sonst etwas bei ihm? Wollte er etwas von ihm?

Er saß da in majestätischer Pose, den Körper talauswärts gerichtet, den Kopf aber zu den Bergen zurückgewandt.

Als sitze er ihm Modell, dachte Andreas plötzlich. Als wolle er von ihm gesehen werden. Gezeichnet werden –

Und auf einmal fühlte er einen wilden, herrischen Anspruch in dem stummen Dasein des Vogels: *Zeichne mich*!

Und in diesem Moment drang es, wie vorher von dem Fels und dem Wasser, von dem Tier bis zu ihm: etwas unfassbar Lebendiges unter der geschlossenen, klar umrissenen Form. Und nur wegen diesem Glühen im Innern konnte er auch die Form erkennen. Und konnte die Form eingeprägt werden in ihm selbst. Und ein Impuls, wie ein Stromstoß, ging durch ihn hindurch: von den Augen bis in seine Hände.

Da drehte der Adler den Kopf, sah einen Moment zu ihm hin – jetzt!, dachte Andreas, auf alles gefasst – drehte ihn dann, gelassen und stolz, talauswärts, und hob im nächsten Moment, ein paarmal gewaltig mit den Flügeln schlagend, ab von dem Ast, der kaum nachwippte, so fest war er.

Als habe er seine Mission erfüllt, glitt er, die Flughöhe haltend, langsam talwärts, auf die Felsen der linken Talseite zu und verschwand dort hinter einem Vorsprung.

Andreas schauderte plötzlich, aber nicht vor Kälte oder höchstens auch.

Er stellte das Fernglas neben sich, nahm einen Schluck Bier und hielt die Bierdose dann wieder zwischen seinen Händen.

So hockte er eine Weile da. Er sah jetzt nicht mehr die Welt an. Nur noch seine Hände, seine langen Hände, das einzig wirklich lange an ihm, auf die er immer ein wenig stolz gewesen war. Seine Freundin auch, hatte sie einmal gesagt, bei einem Gespräch kurz vor ihrer Trennung, als sie sich nicht nur unangenehme Dinge gesagt hatten, sondern auch, was ihnen einst gefallen hatte am anderen.

Ob er wohl noch einmal zeichnen konnte? Wie er es einst getan hatte, fast kam es ihm jetzt vor, in einem früheren Leben: als Kind schon mit Feuereifer und noch als Jugendlicher, mit einer Leidenschaft, die alles andere in den Schatten stellte, alles hatte er doch zeichnen wollen, sogar auf der Kunstschule, am Anfang … Bis diese Freude am Zeichnen irgendwann erloschen war, er wusste auch nicht genau wann und wie.

Ob er wohl noch einmal neu beginnen konnte? Ob es in ihm noch einmal glühen konnte, bis in seine Hände?

Bis er auf einmal etwas anderes spürte: kühl und feucht und doch wie scharf glühend auf seinem Handrücken. Er sah hin: eine Schneeflocke. Kleiner Schneekristall.

Winzig klein und ungeheuer geformt, ein paar Sekunden lang, bis er verging.

Und der nächste kam. Und dann einer nach dem anderen.

Er sah in die Höhe. Federleicht begann da der Himmel seine Schwere abzugeben.

Ein grauer Schleier aus Schneekristallen war schon in der Luft, und die Bergspitzen waren nur noch durch diesen Schleier zu sehen.

Es schneit, dachte er, sagte es halblaut, zu sich oder zur Welt. Es schneit!

Einen Augenblick blieb er noch sitzen, trank das Bier aus. Dann stand er auf, tat den Feldstecher in den Rucksack, die Bierdose. Nahm den Rucksack auf den Rücken. Den abenteuerlichen Umweg konnte er sich nun sparen.

Er grüßte noch einmal die Berge. Auch die Tanne.

Dann ging er wieder über den Bach – und auf dem bekannten Weg nach Hause. Aber zuletzt nicht auf dem steilen, feuchten Waldpfad, sondern auf dem längeren und bequemeren Fahrweg, während es schneite und schneite und er bald nichts mehr sah als den Weg vor sich, ein kleines Stück Weg, immerzu ein kleines Stück Weg, bis er durch die Stämme ein paar Lichter sah und den dunklen, fremden, bald wieder vertrauten Körper des Dorfes.

Als er am Pfarrhaus vorbeikam, überlegte er, ob er jetzt gern zu ihr hineingegangen wäre? Wie zu einer Freundin. Schönen Vertrauten. Geliebten.

Hallo, da bin ich. Zurückgekehrt aus der Einsamkeit. Noch einmal davongekommen – er musste plötzlich lächeln über den kleinen Witz, der ihm da unvermutet einfiel, denn das Witzigsein war sonst nicht gerade seine Stärke – mit einem blauen Auge. Nein: mit zwei blauen Augen.

Er sah zu den erhellten Fenstern hoch (vielleicht war sie ja doch einfach eine Nummer zu groß für ihn, auch konnte er wohl weder mit dem Mann in der Mandorla, falls sie wirklich seinetwegen so zölibatär lebte, noch mit ihrem Freund Kennedy, der offenbar genauso zölibatär lebte wie sie, konkurrieren) – und ging vorbei.

Ada aber traute ihren Augen nicht, als er aus der frühen Dunkelheit, wo sie schon niemanden mehr erwartet hatte, zu ihr in die Gaststube buchstäblich hereingeschneit kam, um bei ihr erst mal einen Kaffee zu trinken.

Da kommt er ja! Da ist er ja! Und wo ist er denn bloß gewesen?

Hoch über der Theke, am Platz einer Ikone, dachte er flüchtig, lief der kleine Fernseher. Immer dasselbe Unterhaltungsprogramm von Radiotelevisione Italiana. Er hörte und sah das Geschnatter, Gelächter, Getrampel, Geklatsche. Den üblichen Schwachsinn. Während Ada mit langsamen Bewegungen die Kaffeemaschine betätigte.

Und plötzlich dachte er: Es ist auch in ihr. In dieser schwerfälligen, langweiligen, etwas drohnenhaften Frau. Mit der blöden Kiste über ihr. Ich kann es auch da herauszeichnen. Erlösen?

III. Mondnacht

Der Aufstand

Heiligabend. Aber es ist noch lang bis zum Abend. Es ist noch nicht einmal richtig Morgen. Rund um den Dorfplatz brennt kein einziges Licht. Nur vor der Bar, rechts vom Eingang, unter dem Schild mit dem Wort CALANDA BRÄU, brennt ein kleiner Christbaum.

Kurz vor Weihnachten fällt es ihnen jeweils noch ein, das Bäumchen zu installieren. Es reut sie ein bisschen der Strom, sagen die Leute, die immer ein wenig spotten, wenn im letzten Moment das mickrige Bäumchen wieder erscheint.

Aber nun sieht es doch hübsch aus, mit den farbigen Lämpchen, dem farbigen Widerschein auf dem Schnee. Nur sieht es jetzt niemand. Eine Botschaft für nichts und niemand in die Nacht hinein.

Dennoch eine Botschaft: neben dem ewigen Brunnenplätschern?

Und der kleine Berggeist ist lang davorgestanden, nachdem er vorher lang bei den Schweinen gewesen ist, ihnen die Bäuche gestreichelt hat, die von dem Saufutter ewig rumorenden, bis sie sich beruhigten, so dass sie wohlig seufzten, im Schlaf, im Traum, hat lang die farbigen Lichter angestaunt, den Abglanz auf dem Schnee (erinnern sie ihn an seine Schätze hoch oben, in den Gletscherstuben, wo er jetzt nicht hin kann?), ehe er heimgetappt ist, an der

Kirche vorbei, am Haus des Doktors vorbei, in die Wiesen hinaus, zu seiner Höhle, wo auch ein Bäumchen steht, neben dem Eingang: ohne Lichter.

Aber braucht es denn eine Botschaft, und gerade diese? Mit all den überspannten Erwartungen.

Ist das die Pfarrerin, ausgerechnet? Maddalena, die wenig später in der Kirche ist? Zur Andacht gekommen. Groß wie sie ist, und schön, aber nicht ein wenig verändert, verwildert? Es kann ja nicht spurlos an ihr vorübergegangen sein. Dass ein Adler sie adoptiert hat. Und umgekehrt. Als hätte sie ihn unterm Herzen getragen.

Und warum so unruhig, dass sie sich nicht einmal hinsetzt wie gewöhnlich, in die vorderste Bankreihe, sondern stehen bleibt?

Warum so fremd, dem Weltenherrscher gegenüber? Der dasitzt, in aufrechtester Haltung. Wie immer. Die Bilder, wie immer. Die kleine Kirche, wie immer. In der sie sich geborgen gefühlt hat, lange Zeit. Und nun nicht mehr?

Heute Morgen überhaupt nicht. Es ist ihr alles zu eng, zu alt, zu sehr wie immer schon. Irgendetwas, sie spürt es zum ersten Mal so deutlich, will sie hier zurückziehen, hineinziehen: wie in eine Höhle.

Draußen die Welt – und drinnen der Glaube.

Ein Glaube für Höhlenbewohner.

Jeder Gottesglaube, hatte sie noch gestern Abend fast wütend zu Kennedy gesagt, der, Agnostiker, wie er ist, doch immer ihren Glauben verteidigt – sei ein Rückzug in eine Höhle, wie damals, als es anfing mit der Angst, der Entfremdung: drinnen das Feuer und die paar verschreckten Menschen drum herum, und draußen die große, unfassbare Natur, zu der sie gehörten und doch nicht mehr ganz gehörten.

Natürlich, hatte Kennedy gesagt, aus diesem Halb und Halb, aus diesem Dazugehören und doch nicht mehr ganz Dazugehören, ist alles entstanden. Da können Sie nehmen, was Sie wollen. Alles ist in der Höhle entstanden: nicht nur die Sprache, die Religion, die Kunst, unsere ganze Zivilisation, Politik, Wissenschaft, alles. Nur ist das Verhältnis heute ein ganz anderes. Da ist nicht mehr die kleine Höhle mit den paar verschreckten Menschen und draußen die große Natur. Da ist unterdessen mehr Höhle als Natur, Tendenz steigend.

Genau, hatte sie gesagt. Und sollte man nicht endlich, solange noch Zeit ist, falls überhaupt noch Zeit ist, falls die Natur heute überhaupt noch Natur genug ist, dieser, zunächst wohl aus Furcht, später aus Borniertheit, Blindheit, Gleichgültigkeit verdrängten, ersten und einzig wesentlichen Offenbarung auf die Spur zu kommen suchen? Dem, was sich da noch immer verbirgt und nur manchmal flüchtig zeigt. Und auch nur als Ahnung. Denn wir wissen ja nicht, noch immer nicht, immer weniger, was das ist: die Natur, zu der wir zuallererst gehören, wie die Tiere, die Pflanzen, die Berge, das Meer, wie alles.

Wir wissen viel über die Natur und über uns selbst, mehr als jede andere Zeit, hatte Kennedy gesagt.

Ja, aber noch immer nicht, oder nicht mehr: das Richtige.

Nicht das, was uns im Innersten träfe, uns meinte mit Leib und Seele (was vielleicht falsche Worte sind: Höhlenworte), und veränderte, von Grund auf.

Vielleicht sollten Sie eine neue Religion stiften, mit dem Adler als Kronzeugen?

Sie machen sich lustig!

Nicht wirklich, hatte Kennedy gesagt. Nur glaube er nicht mehr an große Neuerungen. In einer Zeit, wo der Kult um das Neue fast alles überbiete, während gleichzeitig die dümmsten und schädlichsten Ideologien ewig überlebten, gebe es gar nicht mehr die Konzentration, die nötig wäre für eine echte Erneuerung. Wahrscheinlich sei die Zeit von großen geistigen Bewegungen, wie es Religionen, Weltanschauungen gewesen seien, auch die Zeit für große Bewegungen in der Kunst längst vorbei. Heute könne nur noch jeder für sich ein kleines Gebäude um sich errichten, eine kleine Höhle oder auch nur einen Unterstand. Oder jeder für sich die Höhle sprengen. Auch das, natürlich.

Was hieße, hatte sie etwas unwillig gesagt: dass sie wenigstens ihren Beruf als Pfarrerin aufgeben müsse. Je eher, desto besser.

Aber wohl nicht gerade heute! Es steht ja schon der Christbaum neben dem Taufstein.

Ein großer, schön gewachsener Baum. Und schön geschmückt. Celestina hatte ihn gestern geschmückt, mit Andrea zusammen, fast den ganzen Tag. Und Gian Remo hat auch noch geholfen, ihn aufzustellen und zurechtzustutzen, bis er in den Ständer passte.

Und hat sie nicht diesen Gottesdienst an Heiligabend immer besonders gern gehabt? So besonders in der Nacht.

Und in der kleinen Kirche. Wenn sie alle kommen, die noch kommen können, das ganze Dorf. So dass die Kirche immer bis auf den letzten Platz besetzt ist wie nie sonst. Sogar Susanna ist dann da. Und Kennedy, der an Heiligabend jeweils den Organisten vertritt, damit der nicht extra herfahren muss in der Nacht.

Aber heute wäre sie froh gewesen, der Tag mit allem Drum und Dran, dem Predigtfertigschreiben, den Besuchen, die sie noch vorhatte an ein paar Orten, wo sie das Gefühl hatte, es wäre gut und auch willkommen, ein Besuch an diesem heiklen Tag, wäre schon vorbei.

Und der Abend auch.

Es geht dem Menschen wie dem Vieh – das war doch schon alles: die ganze Wahrheit. Was für einen Vogel galt, galt auch für sie. Und was für ihn nicht galt, konnte auch für sie nicht mehr gelten. Was bedeutete für den Vogel diese Heilsbotschaft? Diese Menschwerdung Gottes. Warum nicht Vogelwerdung?

Doch heute war Heiligabend. Da half alles nichts.

Sie ging zum Taufstein, schlug in der großen alten Bibel ein ganzes Schock schwerer Seiten um und den Text für den Tag auf.

Dann verließ sie rasch die Kirche.

Vier Stunden später, es war jetzt zehn Uhr, die Zeit, wo sie jeden Morgen zum Palazzo hinüberging – es war ein strahlender Tag, doppelt strahlend mit dem Schnee überall, ein

Tag, an dem man es kaum aushielt, zur anderen Talseite hinüber und talauswärts zu sehen, und dabei im Schatten zu sitzen, wo es von Tag zu Tag kälter wurde, als werde man, von der Sonne verlassen, dafür von den Bergen ans kalte Herz genommen –, erteilte ihr der Adler eine eigene Lektion.

Es war ja möglich, dass er ein bisschen nervös war, aufgeschreckt, denn es war an dem Morgen viel los in der Vogelstation.

Extrem, sagte Susanna, die alle Hände voll zu tun hatte. Vielleicht der Vollmond.

Heute?

Heute Nacht, ja.

Drei wahrscheinlich harmlose, aber auch zwei rettungslose Fälle, wo sie nur so schnell wie möglich die erlösende Spritze geben konnte. Sofort euthanasiert, wird sie später in das Buch mit den Krankengeschichten schreiben, nicht ohne genaue Angaben zu jedem Tier: Fundort, Aussehen, Verletzung. Ein Bussard, dem die eine Gesichtshälfte, blutverkrustet, schon halb verdorrt war, der überhaupt nur noch aus Skelett und Federn bestand und doch immer noch lebte, zäh, wie Tiere sind, und ein schöner Sperber, bildschön gezeichnet, mit einem blutig offenen, bereits schwer entzündeten Flügelgelenksbruch. Unrettbar, da könnten sie auch im Tierspital nichts mehr machen.

Die andern drei sind: ein Falke, Turmfalke, mit einem verletzten Auge, nicht das Auge selber zum Glück. Aber um das Auge herum war er verletzt. Vielleicht von einem Kampf? Da konnte man sicher noch etwas machen. Ein Bussard, mit einem verletzten Fuß, auch da konnte man noch etwas machen. Und eine Waldohreule, die wahrscheinlich nur einen Schock hatte, man hatte sie am Morgen auf der Straße sitzend gefunden. Möglich, dass sie in der Nacht gegen ein Auto geflogen war, das nicht angehalten hatte deswegen. Auch das gab es, natürlich.

So achtete heute niemand besonders auf Maddalena.

Auch Andreas nicht, der überhaupt sehr verändert war seit seiner Grand Tour, die ihn zwar lediglich vor die hohen Berge führte, aber wer weiß. Auch Susanna wusste nicht, was er dort erlebt hatte, er hatte nicht viel erzählt, nur auf einmal angefangen zu zeichnen, den Adler zu zeichnen. Auch anderes, wie versessen plötzlich aufs Zeichnen.

Doch den Adler wieder und wieder.

Hatte er ihr den Vogel abspenstig gemacht mit seiner Zeichnerei?

Auch das dachte Maddalena irgendwann, als sie zwei Stunden später an ihrem Schreibtisch saß, den Laptop vor sich, auf dem Bildschirm die angefangene Predigt. Aber sie hatte noch keine Zeile geschrieben. Und sie sah auch nicht auf den Bildschirm. Sie sah zum Fenster hinaus, ohne etwas zu sehen, wie benommen – und im Gefühl, dass alles vorbei sei.

Dabei hatte sie noch Glück gehabt. Sie hätte auch ernsthaft verletzt sein können, hätte sie nicht an dem Morgen die derbe, dick gefütterte Lederjacke angehabt. So hatten die Krallen den Arm kaum geritzt, den sie gerade noch schützend vors Gesicht halten konnte, als er von seinem Unterschlupf unter dem Dach der Voliere, ein gegen vorn zu offener Holzverschlag, wo er meistens saß, abhob, aber nicht auf den Boden flatterte wie gewöhnlich, um sich ihr dann hüpfend zu nähern, zutraulich, bettelnd wie ein

Jungvogel – sondern mit einem scharfen, drohenden Laut, ganz Raubvogel plötzlich und furchterregend, eine Attacke gegen sie flog, die Fänge voraus, groß wie zwei Menschenhände, die sich in dem Leder der Jacke verkrallten, wo er einen Moment lang festsaß, wie wild mit den Flügeln schlagend, um ihre Schultern, ihren Kopf, gegen ihr Gesicht schlagend mit diesen großen, starken Flügeln, dass ihr Hören und Sehen verging. Und sie sekundenlang fast unterging in einer Besinnungslosigkeit – die aber nicht nur aus Furcht und Schrecken bestand, sondern, merkwürdig, das musste sie sich später eingestehen: auch aus einer Art Begeisterung.

Als sei auch das noch einmal das Zeichen einer Innigkeit, nur gewalttätiger, sein scharfer Vogelkopf dicht neben ihrem, Aug in Auge: Aggression und Liebesakt in einem.

Ein Schlussstrich außerdem.

Irgendwann ließ er ab von ihr, blieb aber ein Stück entfernt von ihr am Boden sitzen. Mit gesträubtem Kopfgefieder. Erregt und fremd. Keine Spur mehr von Jungvogel, als sei er über Nacht oder in diesem Moment endgültig erwachsen geworden – und wieder ein Wildtier, ganz und gar.

Sie hatte noch das Futter aus dem Kübel gekippt, mit wildem Herzklopfen. Dann rasch die Voliere verlassen.

Schneekristall

Was sie nicht wusste: dass jemand alles mitverfolgt hatte. Vom Parktor aus, wo sie schon oft gestanden hatte, eigentlich jeden Tag, um das Füttern zu sehen. Um Maddalena zu sehen. Maddalena und den Adler (das Bild in der Zeitung hatte sie lange angesehen, wieder und wieder): mit heißen Backen, heißem Herzen, Heißhunger.

(Wo sie doch sonst kaum mehr isst. Jedenfalls viel zu wenig, so dass sich Celestina schon Sorgen macht: du musst essen, Andrea!, auch Silvio, der sich gleichzeitig ärgert: sie isst aus Trotz nicht, sie wird allmählich zum Tyrann.)

So genau hatte sie nicht gesehen, was vorging in der Voliere. Aber sie hatte doch gut mitbekommen, dass etwas anders war als sonst. Etwas Wildes, Gewaltsames musste dort, während Maddalena bei dem Vogel war, viel kürzer als sonst, geschehen sein.

Und weil in einem Kopf, nicht nur in einem Kinderkopf, oft seltsame Dinge zusammenschießen, man weiß nicht wie, verband es sich plötzlich mit den verhassten Lauten, die ihr ebenfalls etwas Gewaltsames zu sein schienen, die sie in der Nacht wieder gehört hatte (da es Silvio nicht hat lassen können, auch vor Heiligabend nicht, weil zufällig Freitag war und Miralda zur freien Verfügung vor der Bar herumstand und weil sie ja schließlich auch ihr Geld verdienen muss, das Servieren in der kleinen Grenzbar bringt ja kaum genug zum Leben, schon gar nicht für zwei Menschen, denn sie muss doch auch noch für ihren alten Vater aufkommen, niemand ist hier auf Rosen gebettet usw.): dem Keuchen, leisen Schreien, Stöhnen –

Und was vorher stets so anders, hell und stark sich abgehoben hatte von der angstvollen Nachtwelt zuhause, kippte auf einmal in dieselbe verwirrende Dunkelheit. (Was tut der Vater mit der Frau, was tut der Adler mit Maddalena?) Und sie ging erschrocken, dann plötzlich verzweifelt, weg von dem Parktor, als habe sie nun auch Maddalena verloren, die sie nie besessen hatte, aber die Sehnsucht nach ihr, warm und groß.

Blind in ihrer Not, tappte sie in die Wiesen hinaus.

Aus dem Schatten um das Dorf herum, wie aus einem dunklen Bannkreis ins Licht, in das weiße Strahlen und Funkeln. Doppelt funkelnd, durch die Tränen.

Aber auch ohne Tränen, die mit der Zeit versiegen, es ist zu hell zum Weinen, man ist da draußen so oder so fast blind, funkelt der Schnee, wo sie hinsieht, kleine Blitzpunkte dicht nebeneinander, in allen Farben. Als rege sich der Schnee vor ihr, mit kleinen Lebewesen, Leuchtwesen. Oder regnet es Sonnenlicht auf den Schnee?

Nein. Die Lichtchen schießen bei jedem Schritt aus dem Boden, aus dem Schneepolster, immer neue, als trete sie bei jedem Schritt auf einen Lichtschalter, und ringsherum, und mit der Zeit ist das dann doch fast lustig, gehen immerzu kleine Leuchtplättchen an, in allen Farben, rot, gelb, grün, blau und weiß wie der Schnee. Edelsteine, aber winzig. Erst gerade ausgesät.

Sie geht langsam, vorsichtig, um all die Lichtchen zu sehen, die sie anzündet mit jedem Schritt, was unmöglich ist, denn es sind viele, viele. So weit sie sieht: die Welt voller Lichtchen. Sie kann nur durch schmale Schlitze sehen, so sehr blitzt und funkelt es ihr in die Augen hinein.

Und vielleicht wegen dem Gefunkel oder weil sie dann auch den Felsklotz sieht, wo der kleine Berggeist wohnt, fallen ihr seine Schätze ein, hoch oben im ewigen Schnee, tief in den Gletscherstuben, wo es nichts gibt als das Funkeln und Leuchten – wo sie plötzlich hin will.

Und nicht nur hinauf will sie –

Herabholen will sie es, einen kleinen Teil davon, zwei Taschen voll, das genügt schon, das schafft sie schon bis zum Abend.

Nach Hause wird sie es bringen, das Funkeln und Leuchten. In die Kirche, heute Abend. Da wird sie es hinbringen: das große, alles überstrahlende Geschenk.

Vermisst

Man wollte es ja nicht gleich an die große Glocke hängen.

Ein Kind kann einmal unauffindbar sein, für zwei Stunden, jedenfalls ein so eigensinniges wie Andrea, die oft ihre eigenen Wege geht. Und Silvio war zuerst nur wütend. Weil er eigentlich nach Chiavenna fahren wollte, um ein paar Dinge einzukaufen, ein paar Geschenke, er war ein bisschen spät dran, aber das reichte ja noch, einen Kaffee zu trinken, wenigstens das, und weil er sich überhaupt nicht auf den Abend freute. Der Abend deprimierte ihn jetzt schon.

Außerdem ärgerte er sich über Celestina, die dieses Jahr auch wieder einmal einen kleinen Christbaum schmücken wollte, sie hätte Lust, hatte sie gesagt, wieder einmal einen Christbaum zu haben, und ob man vielleicht ausnahmsweise einmal bei ihr Heiligabend feiern wolle. Aber er hatte doch bisher immer einen kleinen Christbaum selbst geschmückt, als Vater, hatte er gedacht, sei das richtig, und für das Kind, das hatte er eigentlich immer ganz gern gemacht. Nun hatte er, nicht zum ersten Mal, das Gefühl, Celestina entziehe ihm das Kind: als sei es nun plötzlich nicht mehr recht, dass sie alle zusammen in seinem Haus Weihnachten feierten, obschon es, zugegeben, nie ein besonders fröhliches Zusammensein war.

Ach was, dann schmückt er eben keinen Baum, hatte er gesagt, Andrea sei ja sowieso lieber bei ihr. Und das war dann seiner Schwiegermutter auch wieder nicht recht, so habe sie es doch nicht gemeint, das sei ja nur so eine Idee gewesen, dann mache sie eben keinen Christbaum usw. Der Abend konnte ihm gestohlen bleiben. Aber irgendwann hatte er sich dann doch zusammengerissen (weil schließlich Weihnachten war) und bei Celestina angerufen, und zuerst barsch gefragt, ob Andrea bei ihr sei. Nein, sagte sie, sie habe Andrea gar nicht gesehen heute Morgen.

Wo kann sie denn sein?

Wahrscheinlich im Dorf irgendwo.

Eine Unart, einfach zu verschwinden.

Ja, das stimmt, sie verschwindet oft einfach so. Aber ja nie für lang.

Sie wolle mal nach ihr schauen.

Und er wollte auch mal schauen.

So hatte, noch ohne besondere Aufregung zuerst, die Suche angefangen.

Und sie hat den ganzen Tag gedauert, hat immer größere Kreise gezogen. Das ganze Dorf ist auf der Suche gewesen, mit Suchtrupps in alle Richtungen und weit hinauf, so weit wie man gehen kann bei dem Schnee, so hoch hinauf kann doch das Kind gar nicht gegangen sein, es ist bestimmt irgendwo im Tal, es versteckt sich vielleicht irgendwo, aber man hat überall im Dorf und in den Ställen rund ums Dorf hineingeschaut, sogar bei den Schweinen, wo sonst nie jemand hineinschaut, und die in Panik gerieten, als hole man sie zum Schlachten.

Und man hat die Polizei alarmiert, weder Silvio noch Celestina hätten es von sich aus getan, man will doch nicht so ein Aufsehen erregen, das Kind wird schon wieder auftauchen, aber im Dorf hat man darauf bestanden, dass man die Polizei alarmiert, und die Polizei hat die Grenzwacht informiert und die italienische Polizei, denn man muss immerhin damit rechnen, dass das Kind entführt wurde, obschon, wer soll hier ein Kind entführen, trotzdem, das weiß man nie, man muss mit allem rechnen.

Und es ist mit einem Mal ein großer Aufruhr gewesen im Dorf und im ganzen Tal, bis an die Grenze, und noch darüber hinaus, eine Fahndung wie nach einem Verbrecher, sogar ein Helikopter ist im Lauf des Nachmittags, nachdem man nichts und wieder nichts gefunden hatte, zum Einsatz gekommen, ein Super Puma der Armee, da die Helikopter der Rettungsflugwacht alle sonstwo im Einsatz waren, in diesen Tagen, wo es die zahllosen Skifahrer, Tourenfahrer und überall Verletzte und Lawinenniedergänge gab, und Christoph ist mitgeflogen, der das Tal kennt wie kein anderer. Christoph soll mitfliegen, haben alle gesagt, es muss jemand mit, der das Tal kennt, das hat sonst keinen Wert.

Und es ist eine solche Unruhe und ein solcher Höllenspektakel über dem sonst so stillen Dorf und Tal gewesen, dass bald jedermann dachte, der Krach sei das exakt Falsche und eher geeignet, ein Kind kopfscheu zu machen, als es finden zu helfen. Sogar die Wildtiere, die doch Ruhe brauchen im Winter, wo sie haushalten müssen mit ihren Kräften, hat es überall aus ihren Einständen gesprengt. Christoph hat fast nicht mehr hinsehen können, wo er doch hätte suchen müssen mit seinem Fernglas, das Tal absuchen, das ihm fremd ist, so von oben gesehen und aus der lauten Maschine.

Und man ist regelrecht erleichtert gewesen, wie sie die Suche mit dem Helikopter bei Dämmerung eingestellt haben, als könne in der Stille noch eher ein Kind, jedenfalls ein so eigensinniges wie Andrea, wieder zum Vorschein kommen. Das heißt, still ist es auch nicht gewesen. Man hat immer wieder den Namen gerufen. Das ganze Dorf ist plötzlich voll gewesen von dem einen Namen und die Natur rings herum auch. Man hat gerufen und gehorcht, ob man eine Antwort hört, und wieder gerufen. Bis man irgendwann aufgehört hat. Man kann ja nicht ewig weiter suchen und rufen. Vielleicht will sie gar nicht hervorkommen, vielleicht hält sie sich doch irgendwo versteckt, obschon man wirklich den hintersten Winkel des Dorfs durchsucht hat.

Nun ist es Abend, schon acht Uhr!

Doch der einzige Christbaum, der brennt, noch immer brennt, ist der Winzling vor der Bar. Es mag jetzt niemand Weihnachten feiern. Man ist in der Bar versammelt, das ganze Dorf, aus jedem Haus mindestens ein Abgesandter. Es ist ein Kommen und Gehen, ein Durcheinander von Spuren im Schnee, Unruhe, Ungewissheit. Und doch auch noch eine vage Hoffnung.

Denn es wird noch jemand vermisst. Einer ist noch nicht

zurückgekehrt von der Suche, was allerdings nicht unbedingt etwas Gutes bedeuten muss: der junge Mann aus dem Palazzo. Der Künstler, Andreas.

Und er hat den Hund dabei, Susannas Hund. Auch das muss nicht notwendig etwas Gutes bedeuten. Es gibt schon Stellen, wo es lawinengefährlich ist, nicht viele, aber schon ein paar, und er kennt sich hier nicht aus.

Spurenlesen

Tatsächlich hatte er sich noch spät und ganz allein, das heißt mit dem Hund eben, auf die Suche gemacht.

Er hatte erst bei den Vögeln mitgeholfen, eine Arbeit, die ihm nun schon vertraut war, und war dann am späten Vormittag, als man vom Verschwinden des Kindes noch nichts wusste, nach Chiavenna gefahren (mit Susannas rotem Alfa), hatte Einkäufe gemacht, auch lang in dem schönen alten Geschäft für Malutensilien nach Aquarellfarben gesucht, sich überhaupt Zeit gelassen, denn es war ein angenehmer Betrieb in den Gassen und so warm, dass die Leute überall draußen saßen vor den Bars, wo er sich dann auch hinsetzte, sich auch kurz überlegte, ob er seine Freundin (oder Exfreundin: scheußliches Wort!) anrufen sollte, um ihr schöne Weihnachten zu wünschen, auch zu sagen, wie nett er es gerade habe, in der Sonne, aber sie hatte nie mehr etwas von sich hören lassen und zu hören, dass sie wieder anderweitig liiert sei, hatte er gerade auch keine Lust. Vielmehr verdarb ihm diese Vorstellung auf einmal ein bisschen die Nettigkeit seines Dasitzens.

Hing er denn immer noch an ihr? Oder gönnte er ihr

bloß keine andere Beziehung, solange er selber mit keiner neuen aufwarten konnte? Die er aber gar nicht suchte im Augenblick. Es wunderte ihn selbst, wie gelassen er die Frauen ansah, die vorübergingen, auch ganz hübsche dabei, auch in seinem Alter. Lag die Latte, was Frauen betraf, für ihn schon so hoch? Oder war er selber anderweitig liiert? Es gibt die Liebe, und es gibt das Werk, aber man hat nur ein Herz, hatte einer der Berühmten einmal gesagt. Aber wollte er denn wirklich so ein asketisch verbissener Künstler werden?

Und es war schon gegen vier Uhr, als er zurückkam, höchst erstaunt, das Dorf in solchem Aufruhr zu finden. Dabei fiel ihm ein, dass er Andrea am Morgen noch gesehen hatte. Er hatte nicht sonderlich darauf geachtet, weil er sie schon oft am Parktor hatte stehen sehen, wenn Maddalena den Adler fütterte. Aber nun erinnerte er sich sogleich an das (sehnsüchtige) Bild, das ihm, ohne dass er groß darüber nachdachte, auch der Schlüssel für ihr Verschwinden zu sein schien.

Und er war dann einfach den Spuren der Kinderstiefel gefolgt, die vom Parktor weg in die Wiesen hinausführten, nach einer Weile links abbogen, zu dem Monolith, vom Monolith wieder wegführten zur linken Talseite, wo sie auf den Fahrweg kamen, auf dem er selber noch vor kurzem gegangen war, beim Rückweg von seiner großen Tour. Es lag zwar überall Schnee, aber nicht hoch, auch ein Kind konnte darin ohne große Mühe vorankommen.

Auf dem Fahrweg waren die Spuren manchmal plötzlich weg, da er ziemlich verfahren war von Reifenspuren. Gian Remo fuhr da oft ein Stück hinauf, um nach seinen Hochlandrindern zu sehen. Auch der Wildhüter, so weit er konnte.

Doch dann erschienen sie wieder. Kinderfußgroße Abdrücke eines genoppten Profils. Das ihn rührte, je länger er ihm folgte. Als enthalte das Profil die ganze unbekannte Not eines Kindergemüts. Denn um eine Not musste es ja wohl gehen, ein Kind läuft doch nicht einfach weg, jedenfalls ein so großes (wenn auch zartes) wie Andrea nicht. Sie hatte ihm erzählt, dass sie nach Neujahr in die Schule komme. Es hing offenbar mit den langen Sommerferien zusammen, die sie hier hatten, oder auch mit dem Eigensinn dieses Tals, dass das Schuljahr, anders als sonstwo, nach Neujahr begann.

Er sah die Abdrücke gerade noch, obschon es bereits dämmerig war. Im Übrigen hatte er auch eine Taschenlampe dabei – und im Rucksack eine Wolldecke und heißen Tee und eine Tafel Schokolade.

Susanna hat an alles gedacht, nicht wahr, Farkas? Du guter Wolf.

Verirrt

Irgendwie musste sie falsch gegangen sein. Sie war den Weg bisher nur einmal gegangen, im letzten Sommer. Es war die größte Wanderung, die sie mit Silvio zusammen bisher gemacht hatte. Fast das Schönste, was er je mit ihr gemacht hatte. Damals waren viele Leute unterwegs gewesen, viele Bergsteiger, und in der Hütte hatte man essen und trinken können. Und dann konnte man bis nah an den Gletscher herangehen. Von den Schätzen hatte sie damals nichts gesehen. Weil sie noch gar nichts von ihnen wusste. Davon hat die Nonna erst vor einiger Zeit erzählt.

Aber nun ist niemand unterwegs. Und wahrscheinlich ist sie den falschen Weg gegangen. Denn einmal gab es eine Abzweigung. Und sie ist da nicht geradeaus weitergegangen, sondern den steileren Weg, weil sie dachte, je steiler, desto schneller kommt sie in die Höhe.

Im Wald hat dann das Funkeln aufgehört, die Sonne hat da nicht geschienen. Aber oben ist ja dann das Funkeln umso heller!

Und tatsächlich ist es plötzlich hell geworden zwischen den Stämmen, hat der Wald aufgehört, ist die Alp zum Vorschein gekommen. Die Alp und die Hütte. Und da hatte sie allerdings auch schon einmal eine Milch getrunken, auch mit Silvio zusammen. Man kann da eine Milch trinken, wenn der Senn da ist, im Sommer, mit seinen Kühen.

Aber nun ist kein Senn da. Und keine Kühe. Alles ist weiß, strahlend weiß. Nur wollte sie da gar nicht hin. Das ist ja noch längst nicht der Ort, wo sie hinwill. Doch von der Alp geht kein Weg mehr weiter. Und so ist sie dann eine Weile auf der Alp geblieben, hat sich auf die Bank vor der Alphütte gesetzt, wo es warm war in der Sonne, so dass sie Jacke und Mütze ausziehen musste.

Etwas beklommen ist sie da gesessen, aber doch ganz friedlich an der warmen Holzwand, als unten die Suche schon in vollem Gang war und es irgendwann auch anfing mit dem Helikoptergetöse.

Was ist denn da los? Was verpasst sie denn da gerade?

Bis ihr auf einmal dämmerte, dass man nach ihr suchte. Da sie dann auch die Rufe hörte. Ihren Namen. Denn sie sind mit einem Jeep heraufgefahren. Haben aber nur schnell angehalten, gerufen, sind wieder weggefahren.

Wenn sie da irgendwo wäre, würde sie schon antworten,

aber warum soll sie gerade hier sein, da sie überall sein kann. So haben sie nicht einmal in die Alphütte hineingeschaut, die aus irgendeinem Grund offen war, was Alphütten gewöhnlich nicht sind (oder öffnen sie sich, wenn ein Kind darin Schutz sucht?), und wo sie sich schnell versteckt hatte, als sie das Auto kommen hörte. Da sie ja nicht gefunden werden wollte. Da noch nicht. Teils aus Trotz, teils aus Angst, Silvio wird schrecklich wütend sein, dass sie weggelaufen ist, teils weil sie ja wirklich noch hinauf wollte, zu den Schätzen, dem Funkeln und Leuchten.

Obschon sie da mit der Zeit nicht mehr so sicher ist. Denn die Sonne ist schon bald wieder verschwunden von der Alp. Es wird kalt. Und nur oben, an den Bergen, die sie gut sieht von der Alp aus, auch den Gletscher, ist noch eine Weile Sonne.

Dann auch da nicht mehr.

Es wird dämmerig und dunkel. Und nun traut sie sich auch wegen der Dunkelheit nicht mehr, nach Hause zu gehen. Durch den dunklen Wald.

Unterdessen

Irgendwann hatte sie zu bügeln angefangen. Irgendwann hielt sie es nicht mehr aus.

Mit dem Licht drinnen. Und draußen die Nacht, und draußen das Kind. Und kein Weihnachtsstern. Nur die winterkalten Sterne. Ein Kind kann erfrieren in dieser Nacht. Soll sie noch einmal hinaus? Aber sie ist überall gewesen, wo Andrea hätte sein können, wieder und wieder ist sie überall gewesen.

Wie kann eine Nacht so voll sein von der Abwesenheit eines Kindes? Man wird ihr doch nicht auch noch das Kind nehmen. Er wird ihr doch nicht alles nehmen, lieber Gott!

Irgendwann hatte er angefangen, Holz zu spalten. Hinterm Haus, wo auch der kleine Christbaum steht, den er jetzt gar nicht geschmückt hat, es ist ja zum Schluss nicht klar gewesen, wer jetzt eigentlich den Christbaum schmücken soll, und das ist jetzt auch egal.

Wenn das Kind nicht mehr auftaucht oder auftaucht: aber wie! – jagt er sich eine Kugel in den Kopf. Das hält er nicht auch noch aus. Er ist zwar kein Jäger. Aber er hat das Militärgewehr im Schrank und Munition. Damit hat sich schon manch einer umgebracht. Dann ist alles ausgelöscht, die ganze Familie, dann ist vielleicht endlich alles, wie es sein sollte. Erst Maria, dann das Kind, dann er selbst.

Wie es von Anfang an gedacht war. Wie es anfing, als sie sich das Leben nahm, was kein Mensch verstehen konnte, als liege ein Fluch auf dem Kind. Aber dann ist das Kind gewachsen, und das Unglück hat sich verzogen in den sieben Jahren, es ist kein Glück, aber auch nicht mehr Unglück gewesen, und nun holt es ihn wieder ein.

Hat sie das Kind zu sich geholt? Weil sie es doch nicht aushielt, ohne das Kind? Oder weil er nicht gut genug war zu dem Kind? Was für Gedanken kommen ihm da?

Es ist seine Tochter, nicht ihre! *Sie* hat sie verlassen. Und *er* hat sie aufgezogen. Tag für Tag. Ist aufgestanden in der Nacht, wenn sie weinte, als sie noch klein war, hat sie im Arm getragen, stundenlang in der Nacht, hat die Arbeit im Steinbruch angenommen, als die Schreinerei zumachte, weil er hier bleiben wollte, wo sie die Nonna hatte, oder weil er dachte, dass er bei ihr bleiben sollte, als Vater, hat ihr, als sie größer war, jeden Morgen, ehe er zur Arbeit ging, das Frühstück gerichtet und hingestellt, hat ab und zu mit Miralda geschlafen, in der letzten Zeit immer öfter, ja, das auch, weil er es nicht mehr ausgehalten hat, ohne Frau, und weil man hier keine Frau findet, mit der man wieder leben könnte, und dabei ist er doch auch einmal ein attraktiver, fröhlicher Mann gewesen.

Er sieht den Holzklotz jetzt nur noch schlecht, der auf dem Scheitstock steht und in den er die Axt sausen lässt.

Oder soll er noch einmal los, noch einmal rufen, in die Nacht hinein? Aber es hat ja keinen Sinn. Da ist jetzt nur Nacht. Und kein Kind. Der junge Mann vom Palazzo wird sie auch nicht finden. Wie soll ein fremder Mann sie finden?

Er lässt für einen Augenblick das Holzspalten, geht ein paar Schritte weg vom Haus. Nur so ein paar Schritte in die Dunkelheit.

Andrea! Er ruft jetzt nur leise, als sei sie in der Nähe, als halte sie sich versteckt. Vielleicht hat er zu laut gerufen bisher. Zu wenig zart.

Andrea!

Irgendwann hatte er sich ans Cembalo gesetzt und angefangen die Stücke zu spielen, die er auf dem kleinen Orgelpositiv gespielt hätte. Das Eingangsspiel, das Zwischenspiel, das Ausgangsspiel. Lauter Stücke von seinem immer wieder liebsten Komponisten: Johann Sebastian Bach. Eine Liebe, die früh angefangen hatte. Mit einer kleinen Schallplatte: *Jesus bleibet meine Freude*, bearbeitet nach dem Choral aus der Adventskantate und gespielt von dem damals berühmten Pianisten Dinu Lipatti. Ein Weihnachtsgeschenk seiner Eltern, eine 45er Platte, die immer kürzer wurde, je öfter er sie hörte, bis er das Stück bald schon selber spielen konnte.

Er spielte es noch immer gern. Hätte es heute Abend zum Ausgang gespielt. Warum spielte er das bloß so gern? Warum hatte er, Agnostiker, der er war oder geworden war, gerade die Musik von dem tiefgläubigen Bach so gern. Die einen nie herausriss aus sich selbst wie so oft andere Musik, aber hinaustrug mit allem, was zu einem gehörte, zu ihm gehörte, seine Trauer, seine Schuld, die nicht aufhörten dabei, sogar schmerzlicher wurden, aber im Schmerz wie geheilt.

Oder war es umgekehrt? Trug diese Musik alles zu ihm hinein, zu ihm zurück, auch die Toten, auch seinen kleinen Bruder, Benjamin, der ihm dann wieder zuhörte, wie einst?

Sein kleiner Bruder, den er nicht gerettet hatte, den er über alles liebte – und hasste in dem Moment, als er sich an ihn klammerte, nachdem das Boot gekippt war, mit dem sie leichtsinnig hinausgefahren waren, er leichtsinnig, weil er sich wichtig machen wollte, den er von sich stieß, in diesem Augenblick, wo er mit knapper Not, denn er war kein guter Schwimmer und nie ein kräftiges Kind gewesen, sich selber retten konnte. Sich rettete, um für den Rest seines Lebens schuldig zu sein, zu trauern, obschon es ihm alle auszureden suchten, die ihn liebten, seine Mutter, sein Vater (Arzt wie er selber), auch Maddalena. Aber er wusste es einfach besser, weil er den Moment kannte und nicht vergessen konnte, wo die Liebe in ihm umschlug in Hass, nur einen Moment lang. In etwas Hässliches, Böses. Wie es oft geschieht. Bei allen Menschen, natürlich, aber meist hat man Glück, und der Moment geht folgenlos vorüber, ungerächt, und niemand weiß davon, und man vergisst ihn selbst.

Bei ihm nicht. Und nur wenn er spielte, war es oft, als sei das Element der Liebe wieder alles und verbinde sie wieder wie einst, wie für immer. Als reiche die Musik weit hinaus, weit zurück.

Oder als werde etwas zugeschaltet zum Leben, ein Grundstrom des Gutseins, in dem nichts verlorengehen konnte, nichts und niemand: kein Kind, kein junger Mann, der ihn an seinen kleinen Bruder erinnerte, kein Hund …

Irgendwann hatte auch Susanna angefangen, nur noch zu warten. Noch bis gerade eben hatte sie sich überhaupt keine Sorgen gemacht. War im Gegenteil überzeugt gewesen, nicht nur, dass Andreas mit dem Hund wohlbehalten zurückkäme, sondern dass er mit dem Kind zurückkäme. Sie wusste auch nicht, warum sie da so sicher war. Es war so ein Gefühl. Und Gefühlen hatte sie eigentlich immer getraut. Aber nun war sie doch auf einmal unruhig. Es war ja bald neun Uhr.

Sie saß in der hallengroßen Wohnküche, an dem langen Esstisch, wo ein ganzer kleiner Konvent hätte essen können, an der einen Schmalseite, die Beine übereinander geschlagen, den Ellbogen auf den Tisch gestützt, in der Hand eine Zigarette, die neben ihrer Schläfe rauchte, ab und zu einen Schluck von dem Rotwein trinkend, den sie sich eingeschenkt hatte, und sah in das Feuer, das in dem großen Kamin brannte.

Sie rauchte sonst nicht viel, nur brauchte sie es manchmal bei der Arbeit mit den Vögeln, das Ritual mit dem Rauch, zwei, drei Zigaretten am Tag. Ihr Vater hatte geraucht, und wie. Und als sie hierher zurückkehrte, hatte sie irgendwann mit dieser Todsünde angefangen. Eine Todsünde wäre es gewesen für eine Sängerin. Wie das Weintrinken auch. Die Callas hätten sie einmal fast gelyncht, als sie eine Aufführung, mit aller erdenklichen Prominenz im Publikum, nach dem zweiten Akt hatte absagen müssen wegen Stimmverlust und hinterher herauskam, dass man sie am Abend zuvor Champagner trinkend in einem Nachtclub gesehen hatte. Ein schrecklicher Beruf!

Aber das war lange her. Und eine Callas war sie nie. Wer ist schon die Callas? Ein Star unter anderen war sie gewesen. Und sie dachte auch nur wegen der Zigarette flüchtig daran.

Was sie beschäftigte und was sie nicht los wurde in diesem Augenblick, war etwas ganz anderes. Es war der Sperber, den sie eingeschläfert hatte.

Die Augen. Der Blick aus diesen Augen.

Der Sperber lag jetzt im Keller, in einer Schachtel, wie der Bussard auch. Im Gartenraum vielmehr, wo alles für die Vögel untergebracht ist, auch die große Gefriertruhe, wo die toten Küken liegen. Man braucht viele Küken, um einen Greifvogel über Wochen zu ernähren. Küken und jetzt auch Kaninchen. Das ist halt so. Die Kadaver der beiden Eingeschläferten wird Christoph dann holen und wie üblich irgendwo in den Wald legen.

Und es ist auch nicht das, was sie jetzt beunruhigt: diese Leichen im Keller.

Es ist der Blick dieser Augen. Sperber haben ein schwaches Herz. Gerade diese scharfen Jäger. Ein Sperber kann einem in der Hand sterben vor Aufregung. Nur der heute

Morgen war gar nicht aufgeregt. Ganz ruhig lag er in ihrer Hand, auch sein Herz pochte nicht besonders. Und seine Augen hatten sie ganz ruhig angesehen. Ruhig und offen. Und gerade diese Ruhe lässt sie nun nicht los. Die Ruhe und Offenheit.

In der doch auch eine Frage zu sein schien. Was ist mit mir? Was tust du mit mir? Wer sind wir beide?

Oder war letzteres eher ihre Frage? Wer sind wir beide? Der Vogel, ganz gesund, aber mit dem scheußlichen Flügelgelenksbruch. Und sie, die ihm die Spritze gibt, so dass er Sekunden später ruhig die Augen, seine schönen Sperberaugen schließt. Das wird ihr nicht klarer. Und auch nicht erträglicher, je älter sie wird.

Und auch ein anderer Blick nicht, aus zwei tiefblauen Augen, in einem winzigen Gesichtchen, rot vor Anstrengung, alles noch gezeichnet von der Geburt und langen Wartezeit in einem Mutterbauch, aber die Augen ganz klar, ganz offen, für einen Augenblick, wie erstaunt. Augen, die sich dann gleich wieder schließen werden, für immer. Als gefalle sie ihm nicht, diese Welt.

Aber daran wollte sie jetzt nicht denken.

Musste es aber doch. Und auch an den Moment, wo der Mann, mit dem sie noch zwei Monate zuvor das gemeinsame Kind, den Säugling, Claudio, beerdigt und betrauert hatte auf einem Mailänder Friedhof, sie verließ, auf offener Bühne, während einer Aufführung, wo die Emotionen immer übertrieben hochgehen, ihrer viel jüngeren Rivalin in dem Stück verfiel, sie hatte es schon während der Aufführung gespürt, wie es zwischen den beiden züngelte, und sofort gewusst, was da geschehen war, und als der Applaus dann der anderen, der Debütantin, entgegenbrandete, während man ihr eigenes Erscheinen vor dem Vorhang freundlich, aber ohne Überschwang beklatschte, war für sie der Moment gekommen, sich von der Bühne zurückzuziehen. Fast Knall auf Fall. Was damals niemand verstehen konnte, denn ihre Stimme war noch nicht am Ende gewesen, aber sie endgültig mit dem Beruf.

Heute, hatte sie neulich zu Kennedy gesagt, der sie etwas wehmütig angesehen hatte dabei, denn er war, noch sehr jung damals, ein Verehrer ihrer Stimme gewesen, käme wohl nur noch ein Krächzen, ein Fiepen, irgendein Vogellaut aus ihr heraus.

Irgendwann ist in der Kirche das Licht angegangen. Nicht für einen Gottesdienst. Es ist nur Maddalena, die das Licht angemacht hat, um in der Kirche zu warten. Zu wachen, zu beten. Oder weil sie dachte, von dem Licht gehe eine Kraft aus, etwas Schützendes, in die Dunkelheit.

Hat sie also doch wieder Vertrauen gefasst zu der kleinen Kirche, aus der sie noch in der Morgenfrühe am liebsten verschwinden wollte, für immer?

Oder ist ihr selber ein Licht aufgegangen, was das Kind betrifft, dessen Annäherungsversuche ihr ja nicht verborgen geblieben waren, denen sie sich entzogen hatte, aus Scheu vor einer Bindung und weil sie keine Mutter sein wollte, nie hatte sein wollen, eher bereit, ihr Herz einem jungen Adler zu öffnen, wie einer märchenhaften Inkarnation, als einem Menschenkind?

Voller Mond

Irgendwann geht auch draußen ein Licht an.

Gerade über die Berge gekommen, und schon hoch am Himmel. Das gibt es hier gar nicht: diese Mondaufgänge, groß und pfannkuchengelb wie von einem Erdbewohner. Wenn er hier endlich aufgeht, ist er immer schon ein kühler Himmelsbewohner. Kühl das Licht zwischen den Sternen. Und unten auf dem Schnee.

Etwas Dunkles löst sich in diesen Augenblick mit einem kleinen Gewittern aus der Konifere im Palazzogarten und gleitet still, mit großen Flügeln, in die Wiesen hinaus.

Es ist die Waldohreule, die Susanna gerade wieder freigelassen hat. Von ihrem Schock offensichtlich genesen, hatte sie in der Kiste angefangen zu toben (wild wie Eulen sind, das stellt man sich gar nicht vor, wie wild die sein können).

Und obschon sie sonst streng darauf achtete, die eingefangenen Vögel an ihrem Fundort auch wieder auszusetzen, machte sie für einmal eine Ausnahme. Die Eule war nicht weit von hier auf der Straße gefunden worden. Da gehörte das Dorf mit Sicherheit noch zu ihrem weiteren Revier. Eine Eule kann ein großes Gebiet überfliegen in einer Nacht. Könnte leicht auch drei Vermisste auffinden, wenn es ihr darauf ankäme. Nur kommt es ihr nicht darauf an.

Auch im Wald liegt jetzt das Mondlicht. Auf dem Fahrweg, der von der Alp ins Dorf hinunter führt. Wo die Sonne in der Jahreszeit nicht hinkommt, kommt doch der Mond hin. Ein bisschen bleich, aber auch er in jeden Winkel. Und mit richtigen Schatten.

Unheimlichen Schatten (wenn man allein wäre).

Eine kleine Gruppe ist dort unterwegs. Ein Mann, ein Hund und zwischen ihnen: ein Kind.

Ja, da sind sie tatsächlich! Das weiß nur noch niemand. Man hat hier keinen Handykontakt. Auf dieser Talseite, kaum ist man vom Dorf weg, funktioniert es einfach nicht. Aber eine Stunde können sie jetzt schon noch warten.

Tatsächlich hatten ihn die Spuren genau vor die Hütte geführt (zu der Alp, an die er auf seiner Wanderung gedacht hatte). Und in diesem Moment war er vollkommen sicher, dass er sie da finden würde. Andrea, hatte er in die Dunkelheit hineingesagt. Das bin ich, Andreas. Dann hatte er die Taschenlampe angezündet. Und da saß sie dann auch, auf der Bank an dem Tisch. Weinend und zitternd vor Kälte und Angst. Keine Schatzsucherin mehr. Ein Vogeljunges, das aus dem Nest gefallen ist. Ein Häufchen Elend.

Da konnte er alles gut brauchen, was Susanna ihm mitgegeben hatte, die Wolldecke und den heißen Tee und zuletzt auch die Schokolade. Er hatte ja überhaupt keine Erfahrung mit Kindern. Weder hatte er kleinere Geschwister gehabt noch Freunde mit kleinen Kindern. Aber in diesem Moment tat er alles mit einer Selbstverständlichkeit, über die er sich selber wunderte.

Er stellte die Taschenlampe auf den Tisch, damit sie etwas Licht hatten. Packte das Kind in die Wolldecke, setzte sich dicht zu ihr auf die Bank, legte den Arm um sie, schenkte ihr Tee ein, blies darauf, bis er nicht mehr zu heiß zum Trinken war. Und mit der Zeit hörte das Zittern auf. Und die Schokolade trug dann noch das ihre zur Beruhigung bei.

Vielleicht eine Stunde hatten sie dort in der Hütte gesessen, der Hund nah bei ihnen. Und natürlich hatte er auch gefragt, warum sie weggelaufen sei. Und sogar in dem wilden Sprachendurcheinander hatte er, halb instinktiv, vielleicht weil er so nah bei ihr saß, plötzlich alles begriffen. Und jedenfalls ahnen können, wovor sie weggelaufen war und was das mit dem Schatz hoch oben hätte sein sollen. Und wie schräg und doch irgendwie einleuchtend das zusammenkam in einem Kindergemüt.

So spät in der Nacht ist sie noch nie unterwegs gewesen, im Wald und mit dem seltsamen Licht.

Sie hat auch schon den Mond gesehen, natürlich, aber vom Dorf aus, vom Haus aus, oder auch einmal auf einer Autofahrt. Aber so mittendrin in dem Nachtlicht, wie tags im Sonnenlicht, Licht und Schatten, ist sie noch nie gewesen. Und wie still es ist. Als sei das bleiche Licht die Stille. Oder die dunklen Schatten. Und nur der Schnee knirscht unter ihren Füßen. Und doch scheint alles lebendig in dem Wald. Man sieht es nur nicht.

Es ist ein bisschen schauerlich. Aber auf merkwürdige Weise schön, so an der Hand des Mannes, der neben ihr geht. Und der nicht ihr Vater ist. Ein Fremder. Nicht ganz fremd. Sie kennt ihn ja. Aber doch anders als der Vater: ein Mann, der nicht zu ihr gehört. Oder erst in diesem Augenblick, wo sie an seiner Hand geht, zu ihr gehört. Als hätte er ja zu ihr gesagt und sie zu ihm. Und sie geht gern an seiner Hand. Es ist eine gute Hand. Eine gute, interessante Männerhand.

Und es ist möglich, dass sich in diesem Moment zum ersten Mal etwas in ihr regt, das nicht mehr ganz zu ihrem

Kindsein gehört. Das ganz von weitem, aber hier ist es gut und warm und so interessant in der Nacht, zu dem gehört, was sie heute Morgen noch derart beängstigt hatte, und dass sie etwas zum ersten Mal streift, ein Lüftchen aus der Zukunft, was viel später zu ihr gehören wird, wenn sie einmal eine junge Frau ist. Und sehr interessiert am anderen Geschlecht.

Doch das ist höchstens ein Anflug, die wundersame Erregung ganz aufgehoben in der Mondscheinnacht, und verbunden mit einem anderen Gefühl, auch das hat sie nicht gekannt: wie gut es ist, wenn ein Hund neben einem geht, wie geschützt man da ist und wie wichtig die eigene Person, fast übertrieben, eine Königin ist sie ja, mit dieser Begleitung. Und da er ihr bis zu den Hüften reicht, greift sie immer wieder in sein dichtes Fell. Du schöner Wolf.

Einmal knurrt er leise, aber er bleibt brav an ihrer Seite, er kennt schon seine Pflicht, als ein Reh über den Weg springt. Und gleich noch eines hinterher. Irgendwo ruft ein Käuzchen.

Was es alles gibt in dieser Nacht, wo der Mond zwischen den Bäumen hängt: wie eine große Christbaumkugel!

Denn nun erinnerte sie sich wieder, dass ja Weihnachten war. Sie hatte es fast vergessen über allem. Aber nun fiel es ihr wieder ein. Und wie sie gestern in der Kirche den Baum geschmückt hatte mit der Nonna zusammen.

Und jetzt zünden sie vielleicht die Lichter an, und sie ist gar nicht da.

Sie werden schon nicht den Baum anzünden ohne dich, sagte Andreas. Im Übrigen kommen wir wahrscheinlich gerade noch recht.

Er sah auf seine Armbanduhr, seine abenteuerliche Männerarmbanduhr, die er ihr hinhielt, damit sie auch darauf schauen konnte, und wo die Ziffern sogar leuchteten: männlich und weihnachtlich –

Was für eine seltsame Nacht!

Was für eine seltsame Nacht: das denkt auch der kleine Berggeist, als er zur üblichen Zeit ins Dorf kommt (wie immer hat er den Tag verschlafen, aber im Schlaf hatte es furchtbar gelärmt und gedröhnt, doch jetzt ist das Dröhnen zusammengeschossen zu einer einzigen Kugel, hoch am Himmel, still und leuchtend) und in den meisten Häusern Licht brennt. Wie sonst nie.

Denn es hatte dann doch noch ein Gottesdienst stattgefunden, wenn auch später als gewöhnlich, und der schöne, große Christbaum hat gebrannt, und Maddalena hat die Weihnachtsgeschichte gelesen, und Kennedy, elegant wie immer, hat auf der kleinen Orgel gespielt, hinten, direkt neben der Kirchentür (wo es immer entsetzlich zieht). Und niemand ist verärgert gewesen wie über einen dummen Kinderstreich an einem Tag, wo man weiß Gott anderes zu tun gehabt hätte (vielleicht weil Weihnachten ist oder weil alle eine leise, ferne Erinnerung streifte an das Schatzsucherkind, das auch sie einmal gewesen waren oder hätten sein können). Eher sind allen mehr oder weniger schwere Steine vom Herzen gefallen, so dass die Lichter des Baums in einem ständigen Luftzug unsichtbarer Erleichterungswellen und Dankgebete gestanden haben. Vielleicht haben sie deshalb so gezittert und geflackert.

Oder es ist von dem Durchzug gewesen. Das muss man wirklich einmal sanieren, die ganze Kirche muss man sanieren, sie hat ja überall Risse und Sprünge, dass ihm das noch nie aufgefallen ist, sieht aus, als habe sie jemand sprengen wollen, das muss man für die nächste Gemeindeversammlung unbedingt auf die Traktandenliste setzen, denkt Gian Remo, während er aber doch auf die Weihnachtsgeschichte hört, vielleicht nicht ganz so aufmerksam wie seine Frau Annalisa neben ihm.

Und sogar Ada, die in der hintersten Reihe (so weit weg wie möglich) neben Franca sitzt, hört halbwegs auf die Weihnachtsgeschichte (während sie die Leute ansieht von hinten, ob sie auch alle da sind). Nachdem einen ganzen Tag lang, wie überhaupt noch nie, alle Fäden bei ihr in der Bar zusammenliefen, kann sie die Gemeinde jetzt auch Maddalena gönnen, die allerdings nicht gerade wie eine Pfarrerin aussieht. Seit wann trägt die den Talar nicht mehr, hatte sie Franca leise oder halb leise ins Ohr geflüstert.

Ist jemand ganz auf Weihnachten eingestellt?

Andrea vielleicht. Die zwischen Silvio und Celestina in der vordersten Reihe sitzt, direkt vor dem Christbaum, so dass sie jetzt nur Flämmchen sieht, flackernde Flämmchen, und ihren Widerschein in den Kugeln.

An das Funkeln und Leuchten, das sie herabholen wollte, denkt sie jetzt nicht mehr, die Flämmchen sind Glanz genug. Genau der richtige für das Glück, von dem ihr das Herz in diesem Moment und nach dem großen Schreck voll ist, ganz warm ist sie von dem Bewusstsein, dass Maddalena sie umarmt hat, sie lange an sich gedrückt hat, sie an sich genommen hat. Sie angenommen hat.

Draußen, in der Dunkelheit, direkt nebenan, ist der Stein, ist die Mutter, die sie nie gekannt hat. Aber hier drinnen ist Maddalena, die ihre Freundin geworden ist heute Nacht, groß und schön wie sie ist und dasteht, vor dem Mann in der Mandorla, der wie immer dasitzt, steif und stumm. Und auf der anderen Seite des Mittelgangs, ebenfalls in der vordersten Bankreihe, sitzt neben der strengen Susanna ihr Freund, Andreas, sie muss sich einmal vorbeugen, um zu sehen, ob er da auch wirklich ist, mit seinen rötlichblonden Haaren, seinen Händen, die sie kennengelernt hat heute Nacht, im Mondlicht.

Und das Leben ist etwas Schimmerndes, Schattendunkles und Leuchtendes und leise Flackerndes, und es hält noch viel für sie bereit, viel, viel.

Eine Weile ist der kleine Berggeist auf dem Dorfplatz gestanden, mitten auf dem Platz, ein bisschen traurig, denn er dachte, wie hübsch es doch wäre, wenn es noch die Beziehung zu den Menschen gäbe und er irgendwo hineingehen könnte und ein bisschen dabeisein. Er wäre nachher trotzdem noch auf seine Runde gegangen, natürlich, sie warteten ja alle auf ihn, aber einmal wieder unter den Menschen zu sein, wäre auch schön gewesen. Im Palazzo zum Beispiel. Wo das Licht so einladend aussieht.

Und wo sie spät noch bei einem Glas Wein zusammensitzen, in Susannas Zimmer, wo sie bisher nie zusammengesessen haben, und im Kamin brennt ein Feuer. Und der Hund schläft tief.

Das haben Sie gut gemacht, Andreas, sagte Susanna in diesem Augenblick. Sie werden hier noch Ehrenbürger werden.

Wobei sie ihn ansah, mit einem Lächeln, dessen Liebenswürdigkeit, ja Schönheit ihn jedesmal überraschte, geradezu überwältigte, wenn es, selten genug, auf ihrem Gesicht erschien. So dass er sich plötzlich vorstellen konnte, dass diese große, strenge Frau, obschon noch jugendlich mit ihrer schlaksigen Gestalt, doch gelegentlich, vor allem wenn sie müde war, mit Anzeichen fast von Gebrechlichkeit, einmal Verehrer gehabt hatte, und wohl nicht wenige.

In solchen Momenten wurde er fast selber einer davon.

Maddalena aber war nach dem Gottesdienst erst nach Hause gegangen und dann, warm angezogen, noch einmal in die Nacht hinaus. Hinüber zum Park, wo sie lang vor dem Parktor stand. Von dem Adler sah und hörte sie nichts. Wahrscheinlich schlief er in seinem Unterschlupf. (Er habe heute zum ersten Mal selber gekröpft, hatte Susanna ihr vorhin gesagt, und dass sie sehr froh darüber sei.)

Bewegt von der Heiligen Nacht, die es dann doch noch und, nach der Rückkehr des Kindes, besonders geworden war, spürte sie jetzt gleichzeitig, ebenso stark, wenn auch kälter, eisiger, wieder: die Mondnacht.

Zu der das Tier gehörte, ganz und gar. Und rätselhaft. Und älter.

Ob sie das jemals zusammenbringen würde? Zusammenbringen sollte?

IV. Letzter Schnee

Trübe Gedanken

Vier Wochen später ist der Schnee im Talboden schon wieder verschwunden. Nur im Dorf und um das Dorf herum liegen noch immer Reste davon, die der Regen jetzt nur langsam auflöst. Denn es ist ein kalter Regen, dem man anmerkt, dass er nur wenig höher in Schnee übergeht. Wenn die Berge wieder erscheinen werden, wird sich zeigen, dass dort oben noch einmal alles von neuem verschneit ist.

Aber von den Bergen hat man schon seit Tagen nichts mehr gesehen, so tief hängen die Wolken herab. Seit Tagen ist das Tal von seiner besseren Hälfte wie abgeschnitten. Seit Tagen regnet es fast ununterbrochen.

Auf dem Dorfplatz erscheint höchst selten eine Menschenseele.

Nur der Regen ist da. Und das Brunnenplätschern. Und im Wasser des achtmal, wie ein Baptisterium, geknickten Brunnentrogs herrscht ein pausenloses Entstehen und Wachsen und Sich-Überschneiden konzentrischer Kreise.

Nach der Aufregung an Weihnachten war in der Bar jetzt überhaupt nichts mehr los. Und im Laden auch nicht gerade viel.

Franca rumorte die meiste Zeit im Haus herum, denn sie

hatte schon mit dem Frühjahrsputz begonnen, damit man dann parat war, wenn es wieder lebhafter wurde, auch ging das Putzen am leichtesten bei dem Wetter. Ab und zu streckte sie den Kopf herein, um zu sehen, ob ihre Schwester überhaupt noch lebte.

Doch, doch, sie lebte noch. Aber es war die Zeit, jedes Jahr dieselbe, wenn es noch einmal drei Wochen dauerte, bis die Sonne zum ersten Mal wieder auf den Dorfplatz kam, wo selbst eine Sesshafte wie Ada allmählich ans Auswandern dachte, wenigstens über die nächste Grenze, talabwärts, talauswärts: in ein wärmeres, besseres Land.

Auch der Adler, der bei dem Regen zwar die meiste Zeit in seinem Unterschlupf saß, aber sonst zunehmend wie ein Gefangener wirkte, wenn er in der großen Voliere, wohin man ihn vor kurzem gezügelt hatte, seine Flugübungen machte, seine gewaltigen Schwingen anhob, ausbreitete, rauschend in Bewegung setzte, aber schon nach drei, vier Flügelschlägen abgebremst wurde vom Gitter, schien allmählich nur noch vom Wegfliegen beseelt. Und es war eine große Unruhe in dem Park von der Kraft dieses Verlangens.

Es war die Phase am Ende einer Genesung, wo es auch bei kleineren Greifvögeln Nerven kostete, sie noch dazubehalten bis zu dem Moment, wo sie für die Freiheit, die noch immer hart sein würde, kräftig genug waren.

Nur Andreas, dem es ganz gleich war, dass es regnete, er konnte auch im Haus drin zeichnen nach Herzenslust, und eine Lust war es ihm jetzt wirklich, nicht selten schon beim

Aufwachen der erste heiße Gedanke, da ihm das *Zeichne mich!*, das er von seiner Wanderung mitgebracht hatte, nun von überall entgegentönte, so dass er sich manchmal schon vor dem Frühstück, noch halb benommen vom Schlaf, regelrecht in den Tag hineinzeichnete, begann allmählich etwas anderes zu bekümmern: dass nämlich dieser Winter, der ihm unerträglich lang erschienen war bei seiner Ankunft, ihm nun wie im Flug vergangen war, dass sein Aufenthalt hier schon anfing, seinem Ende entgegenzugehen, dass er in vier Wochen schon wieder würde nach Hause fahren müssen.

Und was tat er dann? Was tat er dort?

Er hatte mit Susanna gefrühstückt, hatte die ihm übertragenen Hausarbeiten erledigt, das Geschirr gewaschen, die Küche sauber gemacht, in allen Kaminen, die gebraucht wurden, Holz eingelegt (all diese Arbeiten, bei denen er anfangs dachte, ob er eigentlich als Hausboy hierhergekommen sei), und saß nun in seinem Zimmer auf dem Bett, die Ellbogen auf die Knie, das Gesicht in die Hände gestützt – wie schon einmal, wir erinnern uns.

Zum ersten Mal bedrückte ihn richtig der Gedanke, zurückkehren zu müssen an den alten Ort und dort vielleicht schon bald wieder von neuem in der alten Misere zu hocken.

Zwar bestand noch eine kleine Chance, aber er glaubte überhaupt nicht daran. Wen interessierte schon eine Serie von Vogelzeichnungen? Und er hätte sich auch selber nie beworben, da er sich schon zu oft erfolglos beworben hatte, man wollte ihn in dieser öffentlichen Kunstförderung, die ihm längst eine einzige, parteiische, ihm aus irgendeinem

Grund feindlich gesinnte Vetternwirtschaft zu sein schien, einfach nicht. Susanna aber hatte gesagt: Bewerben Sie sich da, das wäre eine gute Sache für Sie, dieses Atelierstipendium in Genua, genau das Richtige nach den Bergen. Und als er fragte, womit denn, sagte sie: Mit Ihren Adlerzeichnungen. Die fände sie wirklich gut.

Aber es schien ihm höchst unwahrscheinlich, dass er ausgerechnet mit diesen Zeichnungen Erfolg haben sollte. Das interessierte doch kein Schwein.

Er stand auf und ging zu dem Spiegel, dem großen, goldgerahmten. Er sah sein Gesicht, das er zuhause nur noch mit Widerwillen angesehen hatte jeden Morgen oder Mittag, wenn er endlich aufgestanden war und sich rasieren sollte, da es ihm zunehmend nur noch die Visage eines Erfolglosen, eines Versagers zu sein schien, und das er hier wieder angefangen hatte gern anzusehen.

Hier, ja. Aber wie würde das zu Hause sein? Das konnte er sich überhaupt nicht mehr vorstellen. Als sei er in nur einem Winter einer ganzen Lebensphase endgültig entwachsen. Vielmehr wuchs es noch immer in ihm. Er spürte es manchmal beim Aufwachen förmlich in den Schulterblättern. Weniger in seinen Händen oder in anderen Gliedern, dem Glied, oder dort dann auch, aber es ging von den Schulterblättern aus: eine geballte Kraft, als entstehe dort etwas Starkes wie eine Knospe, fast als wollten ihm dort Flügel wachsen.

Er seufzte. Wenn er bloß wieder zurück musste, wäre er besser gar nicht hierhergekommen.

Dann gab er sich einen Ruck.

Er hatte doch heute Morgen in die Bar gehen wollen, um Ada zu fragen, ob er ein Porträt von ihr machen dürfe. Das hatte er sich doch längst vorgenommen, seit dem Abend damals, wo er aus dem Schneetreiben zu ihr in die Gaststube gekommen war. Er hatte es bisher nur hinausgeschoben, weil ihm diese Frau zu zeichnen etwas vom Schwierigsten schien, denn es war nichts weiter Interessantes an ihr. Nichts, was einen sofort reizte, nach dem Stift zu greifen.

Wie er nun aber daran dachte, an die stille Bar, bei dem Regen, und an die Frau, reizte ihn gerade dies.

Er nahm sein Skizzenbuch, das Etui mit Stiften, ging die herrschaftlich breite Treppe hinunter, zog in der Eingangshalle seine Jacke an, streichelte den Hund, der ihn aufmerksam ansah.

Er gehe in die Bar hinüber, sagte er zu Susanna, die am Telefon stand und Anweisungen gab, wie man einen verletzten Vogel am besten einfangen und transportieren sollte: ein Tuch über ihn werfen und ihn dann darin einwickeln, aber nicht zu eng, damit er nicht erstickt, oder in eine Schachtel packen mit ein paar Luftlöchern, nicht zu groß die Schachtel, damit er nicht darin toben kann, aber auch nicht zu eng, vor allem lang genug, damit der Schwanz nicht abgeknickt wird …

Sie nickte ihm zu zum Zeichen, dass sie verstanden habe.

Wie gern, dachte er, während er den Portalflügel hinter sich ins Schloss zog, den Skizzenblock unter seine Jacke nahm und die Kapuze hochschlug, wäre er hier ein Sohn des Hauses geblieben oder geworden, mindestens für einige Zeit.

Aus der Gasse neben der Bar kam in diesem Augenblick eine kleine Gestalt mit einer roten Pelerine und einem Buckel darunter, dem Schultornister, auf den Platz gerannt.

Ciao, Andrea!

Ciao! Aber sie hatte jetzt keine Zeit.

Der Schulbus, der jeden Morgen die Kinder vom Tal einsammelte und zur Schule im Hauptort brachte, wartete nicht. Die fahren einfach ab, wenn man nicht da ist. Ist ihr auch schon einmal passiert, und sie hat schrecklich geweint, und da hat sie dann Maddalena schnell zur Schule gefahren. Bei Maddalena darf sie jetzt ein und aus gehen. Und Silvio ist ja, wenn sie zur Schule geht, immer schon im Steinbruch. Aber nicht mehr lang, er hat eine Stelle als Schreiner gefunden. Nicht hier. In Silvaplana. Das ist etwas weiter weg, aber das tut nichts. Ein Bekannter hatte ihm von der Stelle erzählt. Und nun ist er froh. So froh, sagt er. Nun wird er wieder ein Schreiner werden, ein Möbelschreiner.

Das Porträt

Sie werde gerade gezeichnet, sagte sie, als Franca wieder einmal den Kopf hereinstreckte.

Au, sagte Franca, ein Porträt! Hoffentlich kein solches, wie sie der Künstler von da oben, sie wies mit dem Daumen talaufwärts, gemacht habe, Alberto, der zwar weltberühmt geworden sei, aber seine Mutter habe er gemalt wie eine Halbtote.

Und wie hässlich hat doch ein anderer Berühmter die englische Queen gemalt. Weiß sie noch? Das Bild, dieses winzige Köpfchen mit der Krone oben drauf, haben sie doch neulich in einer Zeitschrift gesehen und zusammen angeschaut.

Und sie ist ja nicht einmal die englische Queen!

Dann verschwand sie wieder, um weiter zu rumoren.

In der Bar aber ist es einen Vormittag lang ganz still gewesen.

Doch wie anders still als sonst.

Der Fernseher störe ihn nicht, hatte er gesagt. Aber sie hatte ihn dann doch ausgemacht. Das Fernsehen hatte sie alle Tage, aber so eine Modellsitzung vielleicht nie mehr in ihrem Leben.

Einen Handwerker im Haus zu haben, der rumorte (und wie anders rumorte als Franca), war schön und erregend, vom Schoß bis zu den Haarwurzeln. Doch den jungen Mann hier zu haben, nicht bloß schnell für ein Bier, sondern stundenlang, mit Augen nur für sie, war schon fast: eine Krönungsfeier.

Er saß an einem Tisch, etwas entfernt von ihr, so dass er nicht nur sie selber an dem runden Tisch, mit der Lampe darüber, sondern auch noch ein Stück des Raums im Blick hatte, das Fenster und die Ecke mit der Tür.

Den Skizzenblock vor sich. Ein Bier, das sie ihm spendiert hatte, irgendwo greifbar.

Sie solle einfach dasitzen, wie immer, Zeitung lesen oder sonst lesen oder Kreuzworträtsel lösen, möglichst ohne auf ihn zu achten.

Was ja unmöglich war. Mindestens am Anfang.

Auch beunruhigte sie plötzlich die Vorstellung, er sähe, während er zeichnete, auf magische Weise tiefer in sie hinein. Sähe ihr, wer weiß, bis auf den manchmal etwas schäbigen Seelengrund.

Oder er sähe ihr an, dass sie nie mit einem Mann geschlafen hatte.

Oder nur einmal, fast.

Aber spielte das denn jetzt noch eine Rolle? Da sie ihr Leben lang Männer um sich gehabt hatte, immer mehr oder weniger die gleichen, aber doch mehr als genug. Und hatte sie nicht gerade mit Franca ihr geruhsames Leben am besten führen können, von Anfang an? Denn die Rollen waren früh verteilt gewesen, da sie ein zartes, kränkelndes Kind gewesen war und erst mit den Jahren und vor allem in der letzten Zeit ein bisschen füllig geworden.

Aber sie täuschte sich. Das alles interessierte ihn nicht im Geringsten, oder es war sowieso alles, ihr ganzes Leben, selbstverständlich anwesend, während er vollkommen darauf konzentriert war, das Blatt Papier zu einem Ort zu machen, wo diese Frau, diese etwas füllige Gestalt, mit noch immer etwas Prinzessinnenschmuck am Hals und am Brillengestell: erscheinen konnte.

Denn das war ihm irgendwann aufgegangen, während er andere Einwohner des Dorfs gezeichnet hatte (Gian Remo mit seinem kleinen schwarzen Hund: bei seinen Hochlandrindern, den alten Bauern Battista: in seiner Stube, sein roter Kater auf einem Nachbarstuhl, Celestina: beim Bügeln, ein Männerhemd auf dem Bügelbrett, Silvio, mit seinem gelben Schutzhelm unterm Arm: vor dem Eingang des Steinbruchs, Andrea: vor dem Eingang zur Höhle bei dem Monolith, oder Kennedy: am Cembalo sitzend, nicht spielend, nur dasitzend und ins Weite, talauswärts, schauend, denn es schien ihm, dieser elegante und einschüchternd intelligente Mann, Kunstkenner auch, so aufmerksam wie er als Gesprächspartner war, sähe doch, kaum dass er einmal nicht sprach, irgendwo ins Weite) –

Irgendwann war ihm aufgegangen, am deutlichsten vielleicht, während er den ins Weite sehenden Doktor zeichnete, dass alles darauf ankam, der Figur, und die Figur konnte dann auch ein Tier oder ein Gegenstand sein, einen Ort zu geben, wo sie erscheinen konnte, dass sie nur am richtigen Ort lebendig wurde, das heißt: ähnlich, auf die Weise, auf die es ihm im Moment ankam.

Bei vielen Bildern, dachte er jetzt manchmal, wenn er in Susannas Kunstbüchern blätterte, und sie hatte wirklich viele, war es nicht gelungen, für die Figur diesen Ort zu finden, und wo es nicht gelungen war, blieb ein Bild, so kunstvoll es auch gemalt sein mochte, unlebendig. Für ihn jedenfalls, jetzt, nachdem er einmal angefangen hatte, darauf zu achten.

Dass es ihm selber bisher noch keinmal wirklich gelungen war, war ihm vollkommen klar. Aber an dem Morgen in der Bar ergriff ihn plötzlich das erregende Gefühl, dass es hier zum ersten Mal gelingen könnte. Dass er dabei war, es gelingen zu machen –

Das Grab des Künstlers

Als er die Bar verließ, aber er wollte anderntags noch einmal wiederkommen, so gut wie er anfangs dachte, war ihm das Bild dann doch nicht gelungen, er hatte sich am Ende fast zu sehr in diese Frau, dieses füllige weibliche Fleisch hineingefühlt beim Zeichnen und dabei ein wenig die Distanz verloren, auch plötzlich eine Art Halluzination gehabt, als sei die kleine Bar gar nicht der richtige Ort, als sei etwas Größeres, Festlicheres, etwas wie ein Spiegelsaal viel richtiger für den Prinzessinnenschmuck, hatte der Regen aufgehört.

Die Wolken waren höher hinaufgestiegen und hatten sich dabei aufgelockert. An einigen Stellen wurden schon die weißen Bergspitzen sichtbar und Stücke von blauem Himmel.

Und wie nach dem Mittag plötzlich die Sonne durchkam, der Himmel klarer und klarer wurde, entschloss er sich zu einem Gang talaufwärts, zum Grab des Künstlers, Alberto, wie sie ihn hier nannten, von dem Franca am Morgen etwas despektierlich gesprochen hatte. Er hatte früher immer einen Bogen um diesen Künstler gemacht. Das heißt, einen Bogen nicht eigentlich. Er hatte ihn – obschon eine Ikone der Kunst des 20. Jahrhunderts oder vielleicht gerade deshalb – einfach nicht besonders interessiert.

Und erst hier, wo man gar nicht um ihn herumkam, nicht weil es überall Werke von ihm gegeben hätte, es gab praktisch keine in dem Tal, sondern weil er zu diesem Tal, wo er geboren und aufgewachsen war und wohin er immer wieder zurückkehrte, so selbstverständlich gehörte, wie die Dörfer, die Berge, hatte er dann doch angefangen, ihn genauer und mit wachsendem Interesse zu studieren.

Sein Atelier zu sehen lohne sich nicht, hatte Susanna gesagt, da es leider vollständig ausgeräumt sei. Aber sein Grab sollte er einmal besuchen, so lange er noch hier sei. Das Grab sei ein guter Ort.

Der Bach, der zum Fluss angeschwollen war, rauschte gewaltig, als er über die kleine alte Steinbrücke ging, um auf die andere Talseite zu kommen, wo es einen Wiesenweg gab, der talaufwärts führte. Und er musste nach der Brücke nur noch ein paar Schritte gehen, um in das sonnige Jenseits zu kommen. Wo es gleich spürbar wärmer wurde.

Die Berge, frisch verschneit, ragten wie von neuem empor. Das Tal aber, noch regennass, schien aufzuatmen und, mindestens auf der Sonnenseite, von einer Stunde zur anderen auf Vorfrühling eingestellt.

Mit der Sonne im Rücken ging er Schritt für Schritt in eine alte und funkelnagelneue Welt hinein. Alles funkelte. Jeder Grashalm, und an den kahlen Ästen der Bäume und Sträucher hingen glänzende Tropfen. Die Felsen glänzten. Und durch die kahlen Bäume am Ufer schimmerte und schäumte der Fluss.

Als er ein Stück gegangen war, hörte er vom Dorf her das Totenglöckchen läuten. Es bimmelte so erschrocken los, als sei gerade jemand gestorben. Es hatte, seit er hier war, erst einmal geläutet, damals wurde ein alter Mann beerdigt, den er nicht kannte, da er zuletzt im Altersheim im Hauptort des Tals gewohnt hatte.

Aber diesmal kannte er die Frau sogar, die beerdigt wurde. Im Dorf hatte man sie die Abendsonne genannt.

Weil sie im Sommer jeden Abend, da sie gelähmt war und nicht hinausgehen konnte, in der Haustür saß, wo noch lang die Abendsonne hinkam, mit den letzten Strahlen. Sogar im Winter saß sie, warm eingepackt, jeden Nachmittag eine Weile in der offenen Haustür, um wenigstens auf die Gasse zu schauen, und da hatte sie Andreas auch einmal gezeichnet. Er kannte auch ihren Sohn, der mit seiner Frau im selben Haus wohnte, er hatte ihn ein paarmal in der Bar getroffen. Ein netter Mensch.

Einen Augenblick dachte er an die kleine Kirche, an Maddalena, an die paar Leute, die sich dort versammelt hatten.

Er ließ das Dorf, wo Alberto geboren war und wo sich auch sein Atelier befand, auf der anderen Flussseite liegen, ging noch weiter talaufwärts bis zum nächsten Dorf, dort über die hohe gewölbte Steinbrücke wieder auf die schattige Seite hinüber.

Dann ein Stück talabwärts zu der Kirche mit dem Friedhof, die zwischen den zwei Dörfern etwas oberhalb der Straße ganz für sich in den Wiesen stand. Und obschon leicht einzusehen war, dass sie sich auf neutralem Boden befand, weil beide Dörfer sie gemeinsam benutzten, wirkte die Anlage gar nicht wie von zwei Seiten umworben, eher wie verstoßen, trotz der paar Bäume drum herum.

Ein bisschen unfroh war das alles, ein bisschen ärmlich, dachte Andreas, als er das Friedhofstor aufstieß, für das Grab eines weltberühmten Künstlers.

Auf dem Friedhof war niemand. Er war ganz allein. Das Grab aber fand er leicht. Es befand sich nah an der Mauer, die den kleinen Totenacker talabwärts abschloss.

Und es überraschte ihn wirklich.

Eigentlich gar nicht das Grab selbst, das aus zwei einfachen Granitplatten bestand, einer liegenden, die einmal gestuft war wie ein kleiner Platz, und einer stehenden, mit Namen und Lebensdaten. Früher habe noch eine späte Plastik des Künstlers auf dem Grab gestanden, hatte Susanna gesagt, die man dann aus Angst vor Kunsträubern entfernt habe. Nun war da an der einen Ecke nur noch ein nicht sonderlich anmutiges Gefäß, eine Art offener Urne, aus grünlichem Stein, und darin ein zerzauster, vom Winter gebeutelter Erikastock.

Das alles hätte für sich genommen so kahl und traurig gewirkt wie die ganze Anlage, hätte nicht ein Sammelsurium von Mitbringseln, wie Grabbeigaben, auf der Grabplatte gelegen:

Kieselsteine, in allen Farben und Formen.

Muscheln, in allen Formen und Größen.

Ein paar vertrocknete Kastanien.

Ein paar Haselnüsse.

Ein paar kleine, besonders geformte, vielleicht auch zurechtgeschnitzte Holz- oder Wurzelstücke.

Teils zufällig zusammengewürfelt, teils zu Kreisen und Figuren arrangiert.

Als habe gerade noch ein Kind hier gespielt und sich bei seinem Erscheinen aus dem Staub gemacht.

Auch da hätte man denken können: ein bisschen gar bescheiden für das Grab eines großen Künstlers. Und doch ging eine so unwiderstehliche Heiterkeit davon aus, dass Andreas, wie wahrscheinlich jeder, der es zum ersten Mal sah, unwillkürlich lächeln musste.

Und das Merkwürdige war, dass er nicht nur dachte: Ein Kind hat hier gerade noch gespielt. Sondern: Er, der Künstler, hat hier gerade noch gespielt.

Als habe der Tod, der ihn fasziniert und geängstigt hatte, ein Leben lang, nie hatte er mehr ohne Licht geschlafen, weil die Dunkelheit schon fast der Tod war, sich, als er wirklich eintrat, als etwas durch und durch Unbeschwertes herausgestellt.

Er hatte noch nie am Grab eines Künstlers gestanden. Bei wem hätte er auch stehen sollen? Die, denen er zuletzt nachgeeifert hatte, lebten ja alle noch. Und nur so hatten sie ihn interessiert: als Zeitgenossen, lebend, und erfolgreich hier und heute.

Nun berührte ihn, völlig überraschend, ein deutliches Gefühl der Anwesenheit.

Vielleicht weil die Anlage so verlassen und er so allein war. Als werde er von dem Toten freundlich begrüßt: Schön, dass Sie gekommen sind.

Es machte ihn fast verlegen, da er nicht wusste, wie er darauf reagieren sollte.

Er suchte in den Jackentaschen, ob er nicht auch etwas hätte, um es auf das Grab zu legen, und fand zwei hübsche Steine, die er bei seinen Wanderungen aufgelesen hatte. Er nahm den größeren der beiden, anthrazitfarben, mit weißer Bauchbinde, und legte ihn zu den übrigen.

Dabei hätte er nun gern ein paar Fragen gestellt. Ein Gespräch angefangen. Da der Künstler, anwesend wie er war, auch ganz gesprächig schien.

Gern hätte er ihn vor allem gefragt, wie das gewesen sei, damals, als die surrealistische Phase, in der er Objekte ganz aus sich heraus hergestellt hatte, für ihn vorbei gewesen sei und er noch einmal ganz neu angefangen, noch einmal von neuem angefangen habe, nach der Natur zu zeichnen, von den meisten als reaktionär verschrien, noch einmal neu der sichtbaren Wirklichkeit sich ausgesetzt habe? Was das Zeichnen für ihn bedeutet habe, da er ja eigentlich ständig gezeichnet und auch öfter gesagt habe, dass das Zeichnen alles sei, dass, wenn man das Zeichnen nur ein wenig beherrschen würde, einem alles andere auch gelingen würde, Malerei, Plastik, alles?

Wie er das durchgehalten habe, jahrelang, jahrzehntelang, ohne zu einem befriedigenden Ergebnis zu kommen, und doch nicht aufzugeben, Tag für Tag immer weiter zu suchen, zu zeichnen?

Wie hält man durch? So lange Zeit?

Und da der Künstler offenbar wirklich anwesend war, antwortete er in diesem Augenblick. Allerdings nur kurz, während von einem Baum hinter der Friedhofsmauer eine Amsel, aufgeregt aus irgendeinem Grund, gackernde Laute von sich gab.

Mein Herr, sagte er, Sie haben einen sehr schweren Weg

eingeschlagen. Aber es ist ein herrliches Abenteuer mit der Wirklichkeit, je mehr ich arbeitete, desto mehr sah ich, neu und anders, alles wurde von Tag zu Tag größer, auch rätselhafter, im Grunde wurde es von Tag zu Tag unbekannter und schöner, es hätte noch tausend Jahre dauern können, ich genoss es ganz und gar –

Der Weltenmaler

Er hatte noch Herzklopfen, als er schon wieder vom Friedhof weggegangen, wieder ein Stück talaufwärts und über die alte geschwungene Steinbrücke auf die andere Seite gegangen war, wo noch immer die Sonne schien, im Untergehen begriffen, so dass er, geblendet, talabwärts ging, unter einem Himmel mit verstreuten Wölkchen, die nichts mehr von Schnee und Regen wussten.

Und da er aufgewühlt war und weil dieses der Sonne Entgegengehen immer etwas Euphorisierendes hat, schon in alten Geschichten die glühendsten Visionen entstanden sind im Abendlicht, im Gegenlicht, und da es ihm vorkam, als sei er gerade von einem Meister auf den Weg geschickt worden, und weil ihm ja andererseits nicht *dieser,* überhaupt kein Künstler seiner eigenen oder der jüngst vergangenen Zeit, sondern ein alter Meister zuerst in den Sinn gekommen war, damals auf seiner Wanderung, als die Sehnsucht nach der Kunst noch einmal neu in ihm erwachte, oder warum auch immer, erwachte in diesem Augenblick etwas Grosses in ihm, etwas herzsprengend Weites –

Weitete sich das Tal mit dem Fluss zur Weltlandschaft (einer allerdings eher südlichen, eher eines italienischen als flämischen Renaissancemalers), in die er alles hineinfüllte, was er hier gern bekommen hatte: eine weite Flusslandschaft, leicht von oben gesehen, voller Figurationen, Bäume, Felsen, Bergzacken, ein Dorf in einem Landschaftswinkel, grau in grau, ein Steinbruch an der Felsflanke, ein Monolith in den Wiesen draußen, ein paar Autos auf einem Parkplatz, Menschen, in Gruppen und allein, Tiere, in Geländemulden und auf Wölbungen verstreut, und in den Bäumen Vögel und im Himmel Vögel, neben den Wolken, im Abendlicht –

Ein riesiges Weltgemälde entstand in ihm und vor seinen Augen. Und er wäre der Schöpfer. Er war der Maler: Andreas als Weltenmaler.

Auch der kleine Schweinestall gehörte dazu. Er sah zu ihm hinüber, als er schon fast wieder beim Dorf angekommen war. Und nun dachte er, dass er da auch einmal noch zeichnen sollte. Bei den Schweinen war er bisher nie gewesen, das heißt: gewesen schon, Andrea hatte ihm den Stall einmal gezeigt, aber gezeichnet hatte er da noch nie.

Er ging über die Brücke auf die andere Seite, stand eine Weile bei den vier Schweinen, die in panischer Angst (woher die Angst beim Anblick eines Menschen?) erst in den Stall geflohen waren, dann aber vorsichtig wieder hervorkamen, sich versammelten auf dem winzigen Vorplatz, Scheiß- und Futterplatz, ihn neugierig beäugten aus ihren kleinen Augen (blinzelnd, wie um ihn besser zu verstehen, mit ihren blonden Wimpern), beschnupperten mit ihren Rüsselnasen, als er ihnen den Handrücken hinhielt über den Elektrozaun weg. (Er roch es da noch am nächsten Morgen.)

Er hätte nun gleich auf der alten Talstraße, die um den Felsklotz herum und von oben her ins Dorf hineinführte, zurückgehen können. Aber es lockte ihn plötzlich, einmal auf den Felsklotz, wo er noch nie gewesen war, hinaufzusteigen.

So ging er ein Stück auf der alten Straße wieder talaufwärts, überquerte die neue Straße, die gleich darauf unter dem Felsklotz in dem Tunnel verschwand, und nahm dann den Fußweg, der rechts abzweigte und erstaunlich bequem, da der Felsen nach hinten zu relativ flach abfiel, auf die Anhöhe führte.

Hatte ihm nicht gerade so ein Felsklotz mit ein paar Bäumen, einer kleinen Kapelle oben drauf, in seiner großen Weltlandschaft noch gefehlt? Und wie einem alten Gemälde entsprungen, wirkte das Ganze tatsächlich, nicht nur wie stehengeblieben in einer anderen Zeit, sondern wie verzaubert. Denn es gab oben nicht nur eine kleine Kapelle, sondern am Weg auch Reste einer alten Befestigung, außerdem ein unbewohntes, mit einem rostigen Gittertor verschlossenes Anwesen, das mehr als hundert, zweihundert Jahre vielleicht gar nicht alt war, aber, mit gotischen Fenstern und Türmchen versehen, aus einer ritterlichen Zeit zu stammen schien, sogar die zwei Pferde, die einen schönen Auslauf und einen vornehm gebauten, großen Stall wie ein eigenes Haus hatten (verglichen mit dem Schweinestall die reinste Nobelvilla) und die sogleich alle beide wiehernd an den hohen Zaun gelaufen kamen, wirkten wie einem alten Bild entsprungen.

Dabei streifte ihn nun doch allmählich das Gefühl, dieses Verlangen nach Weltmalerei sei am Ende ein rettungslos anachronistisches, und ein Maler hatte doch in jedem Fall zeitgenössisch zu sein.

Dennoch zweifelte er in diesem Moment, erfüllt wie er noch immer war von seiner Vision, nicht daran, dass es ihm gelingen würde, aus dem alten Thema etwas Eigenes und Heutiges zu machen. Wenn er nur genau genug bei der Welt und bei sich selber blieb, würde es von selbst etwas Zeitgenössisches werden, aber dicht nur, wenn er weit genug ausholte, da wir ja nicht nur (wo hatte er diesen Satz gelesen?) von heute sind.

Er war noch nicht ganz oben auf der Höhe des Felsklotzes angelangt, auch noch nicht wieder im Licht, denn die Rückseite lag im Schatten, als ihn plötzlich, über die Kuppe streichend, ein so laues, südliches Windchen traf, dass er unwillkürlich stehen blieb.

Er wusste zwar längst, dass der Felsklotz eine Art Schwelle bildete, eine Pforte zum Süden, und dass das Mikroklima des Tals hier seinen Umschlagspunkt hatte, mit den entsprechenden Folgen für Fauna und Flora. Aber dass es so deutlich spürbar würde, auch für ihn, hätte er doch nicht gedacht.

Und sekundenlang, während er dort stand, hatte er das aufregende Gefühl, dabei zu sein, an einer winzigen Stelle, bei einem Weltgeschehen.

Und als er ein paar Schritte später die Kuppe erreichte, dort, von der Sonne noch einmal getroffen, plötzlich das Tal vor sich hatte, das sich an diesem ersten sonnigen Abend nach der langen Regenzeit seiner vielversprechenden Südlichkeit von neuem bewusst zu werden schien, jedenfalls auf seiner rechten Seite, denn die linke lag, wie das Dorf unter ihm, ganz im Schatten, mit leuchtendem Dunst über den waldigen, noch kahlen Abhängen, die in Staffelungen den Blick tiefer und tiefer hinunterführten, ergriff ihn ein Gefühl von Schönheit, von Freiheit zugleich, wie er es noch nie gehabt hatte, dazu eine unwiderstehliche Aufbruchstimmung. Und während er am Morgen noch am liebsten hier sesshaft geblieben wäre, zog es ihn nun, wie je einen Auswanderer, dort hinunter, dort hinaus –

In der Tiefe, steil unter sich, sah er den Fluss und auf der anderen Flussseite den Steinbruch, wo offenbar gerade Arbeitsschluss war. Er sah die drei Arbeiter, einer nach dem anderen, aus dem Stollen herauskommen. Mit ihren gelben Schutzhelmen, die sie abnahmen, kaum dass sie im Freien waren, jeder mit einer ähnlichen Geste der Erleichterung und des Sich-durchs-Haar-Streichens.

Nach einer Weile kam auch Silvio.

Auch er mit dem gelben Schutzhelm, den er abnahm, auch er mit dieser Geste der Erleichterung. Sogar einer besonderen Erleichterung, denn gerade jetzt, wo das Ende hier absehbar war (noch knapp drei Wochen), beunruhigte ihn die Vorstellung, es könnte ihm noch etwas zustoßen, das Schicksal ihm noch einmal ein Bein stellen. So war er jeden Abend froh, dass wieder ein Tag vorbeigegangen war, ohne Katastrophe.

Andreas aber formte in diesem Moment mit seinen Händen einen Trichter.

Silvio!, rief er. Dann noch einmal, noch lauter.

Da hatte er ihn gehört, sah um sich und in die Höhe – und winkte mit beiden Händen, wie ein Fluglotse, als er ihn dort oben auf dem Felsen entdeckte.

V. Lux mundi

Der Anruf

14. Februar. Der Tag, an dem die Sonne zum ersten Mal wieder ins Dorf kommt. Gerade in dem Moment, wo man gedacht hatte, jetzt hält man es dann gar nicht mehr aus, keinen Tag länger hätte man es mehr ausgehalten, mehr als drei Monate lang hat man es ausgehalten, aber jetzt keinen Tag mehr länger.

Obschon sie dann nicht lange bleibt, an diesem ersten Tag nur gerade zehn Minuten. Denn über die Berge ist sie noch immer nicht ganz. Es ist erst ein Gruß durch die Bergspitzen, zu sagen: Ich komme wieder, ich bin wieder da.

Und man macht auch kein großes Aufheben, es ist kein Feiertag, kein Festtag, es gibt nicht einmal einen besonderen Brauch für diesen Tag. Jeder, jedes Haus begeht ihn für sich. Jeder will es an seinem eigenen Haus überprüfen, ob sie tatsächlich wieder genau die Stelle trifft, wo sie immer zuerst hingeschienen hat.

Denn sie trifft jedes Haus ein bisschen anders an diesem ersten Vormittag, wo sie noch nicht in die Gassen hineinscheint. An diesem ersten Vormittag trifft sie höchstens ein Stück Dach, eine Hausecke, ein oberstes Fenster, ein Stück Garten.

Auf dem Dorfplatz aber trifft sie genau den Brunnen, so dass es dort nach langem einmal wieder glänzt und glitzert.

Da gehen dann auch Ada und Franca hinaus, kurz vor halb elf, ein bisschen früher, um schon da zu sein, wenn sie kommt. Und sie kommt an dem Tag praktisch immer, da kann man sich fast darauf verlassen, dass es an dem Tag nicht regnet. Das fehlte noch.

Nein, nein, es regnet nicht, schneit nicht. Kein Nebel, keine Wolken. Es ist ein schöner Tag. Wie im Bilderbuch. Aber erst zehn Uhr.

Kurz vor halb elf, hatte Susanna zu Andreas gesagt, müsse er dann auch herunterkommen. Das müsse er schon auch erleben, diesen Moment, wo die Sonne zum ersten Mal wieder in den Park scheine, für zehn Minuten.

Nun ist er noch in seinem Zimmer. Zeichnet und malt, mit Aquarellfarben, die er sich zu Weihnachten in Chiavenna gekauft hatte. Denn farbig musste es schon sein, das Bild, wie es ihm erschienen war, im Traum. So surrealistisch, wie er es gar nicht hätte malen wollen. Aber so aufregend im Traum, dass er es unbedingt festhalten wollte, ehe es verblasste.

Weit überlebensgroß war es gewesen, keine Ahnung, wie er es gemalt hatte. Aber er hatte es gemalt, es war ein Bild von ihm gewesen.

Die Umrissformen eines großen weiblichen Körpers. Zuerst hatte er im Traum gedacht: Maddalenas Körper, den er nie nackt gesehen hatte. Aber dann war es eher Susannas Körper, den er auch nie nackt gesehen hatte, aber nun im Traum. Und nackt nicht eigentlich.

Ein Körper, weder alt noch jung, vielleicht Maddalenas

und Susannas Körper zugleich. Ohne Kopf, Hals, Unterschenkel, nur gerade die weiblichste Partie, und im Halbprofil, so dass man die Ausbuchtung der Brust sah, alles grauschwarz, wie in Fels gehauen, vielmehr: als habe sich eine Felswand aufgetan wie eine Gussform, gerade mit diesen weiblichen Umrisslinien.

Und in der Öffnung erschien kein Fleisch, sondern ein weiter, blauer und türkisfarbener Himmel, eher ein Morgen- als ein Abendhimmel, nur Himmel, ohne Horizont, mit rosa Wölkchen. Und anstelle der Scham war ein Vogel gewesen, kein Raubvogel unbedingt, oder wenn, ein kleiner, die Flügel angewinkelt, im Sturzflug –

Er war gerade mit diesem Vogel beschäftigt, als er Susanna rufen hörte.

Er ging aus seinem Zimmer und zum Treppenabsatz vor.

Andreas! Sie stand in der Eingangshalle und rief die Treppe herauf.

Ja?

Da ist ein Anruf für Sie.

Das ist heute anscheinend ein Glückstag, sagte sie wenig später, als er zu ihr in den Garten herauskam, wo sie beschäftigt war, den alten Rosmarinbusch von seiner Fesselung zu befreien, um ihr das Unglaubliche zu erzählen (ich fass es nicht, ich glaub es nicht): dass er das Stipendium tatsächlich gekriegt hat, gewonnen: mit seiner Serie von Adlerzeichnungen, zu der sie ihm gratulierten.

Und er kann das Atelier in Genua sogar früher beziehen,

da sein Vorgänger eine andere Verpflichtung hat, so kann er es ein ganzes Jahr lang haben. Ein ganzes Jahr wird er dort leben und arbeiten können. Ohne finanzielle Sorgen.

Wäre der Adler noch da gewesen, wäre er sogleich zu ihm gegangen, um sich bei ihm zu bedanken.

Aber der Adler war nicht mehr da. Die große Voliere war leer, es war still geworden in dem Park.

Man hatte ihn vor zwei Tagen ausgewildert, oben auf der Alp, wo ihn Maddalena gefunden hatte. Und es war ein großer Moment gewesen, als er schließlich wegflog.

Nicht sofort.

Er saß noch lang auf Christophs Hand, die in einem Falknerhandschuh steckte und die er hoch hinauf hielt, dem blauen Himmel entgegen.

Und alle, die dabei waren (der Wildhüter, sein Hund, Maddalena und er selbst, Andreas), hatten wie gebannt auf den Vogel gesehen, der sich förmlich von ihnen wegwilderte. Sich aufpumpte mit Wildheit, Wagemut, während er den Himmel vermaß mit seinen Blicken, den wie ein Riesenfächer wieder über ihm aufgeschlagenen. Nur noch gespannt, mit allem, was an ihm war, auf diesen Raum. Gerade noch – und schon keiner mehr von ihnen.

Und doch war er dann ein paar Herzschläge lang selber mitgeflogen, als der große Vogel abhob, mit einem leisen Schrei sich verabschiedete. Die Freiheit begrüßte, die freie Luft, die nun wieder sein Element war.

Und wo mochte er jetzt sein? Über alle Berge?

Ich danke dir, Bruder, dachte er, ins Ungewisse hinaus.

Ich danke dir.

So kam es, dass ein unfassbar glücklicher Andreas, mit Susanna zusammen, und der Hund zwischen ihnen, wenig später den ersten Sonnengruß erwartete.

Hinten im Park, auf dem Kiesweg, in der Nähe der Parkmauer, wo man über dem Wipfel der Konifere, genau darüber, die Bergspitzen sah.

Und hinter den Bergspitzen eine gleißende Helle, bis man nicht mehr hinsehen konnte –

Und dann war sie da!

Standen sie im Licht, alle drei, in einer Lichtbahn, Lichtschneise durch den Schatten rechts und links. Einer Schneise, die direkt von den Bergen herabkam, bis in den Park, wo sie ein bisschen Buchsgrün traf, ein paar Büsche, einen Streifen Kies und drei Figuren –

Das dauerte von circa halb elf bis knapp Viertel vor elf.

Dann verschwand sie wieder für heute.

Und was tut man an einem solchen Tag, wo die Sonne dagewesen – und schon wieder gegangen ist?

Was streift Susanna, die strenge Susanna, die sich mit ihm freut, es ihm von Herzen gönnt, nichts anderes hatte sie ja für ihn gehofft und gewollt? Was streift sie in diesem Moment, wo sie neben ihm wieder im Schatten steht: wie unschlüssig, wie bereits verlassen?

Sie hat doch schon viele Stipendiaten gehabt, viele junge Männer, und alle sind sie wieder gegangen, und sie hat sie alle irgendwie gern gehabt, und alle hat sie dann auch gern wieder ziehen lassen. Froh, wieder allein zu sein, für eine Weile.

Sollte ihr ausgerechnet dieser junge Mann, dem sie anfangs am wenigsten zutraute, verschlossen, verstockt, wie er gekommen war, und der sich verändert, verwandelt hat, wie noch keiner, ans Herz gewachsen sein? Wie keiner?

Und was geht in ihm vor? In diesem Moment, wo sie beide nichts sagen, nur dastehen, an der Stelle, wo die Sonne war, und nun nicht mehr.

Und zwischen ihnen der Hund. Dem er über den Kopf streicht, den schönen, grauen Wolfskopf. Und beide sehen sie auf den Hund zwischen ihnen, wie auf ein gemeinsames Wesen.

Bis er aufsieht und sie ihn ansieht, mit einem Lächeln (*diesem* Lächeln!): Ob sie zusammen nach Chiavenna fahren wollten, zum Mittagessen? Ob er Lust hat? Es gebe dort ein gutes Restaurant. Zur Feier des Tages.

So konnte man eine Stunde später einen roten Alfa vom Dorf weg talabwärts fahren sehen. Andreas am Steuer, Susanna neben ihm. Und Farkas? Zu ihren Füßen. Was ein bisschen eng ist, aber es geht.

Die Anderen

Und was tun die andern alle? Jedenfalls die, von denen hier die Rede war, da man ja nicht von allen erzählen kann. Was tun sie, nachdem die Sonne kurz dagewesen und nun wieder verschwunden ist? Schon wieder erloschen beispielsweise das Glitzern des jetzt nur noch plätschernden Brunnens.

Sie gehen einfach wieder hinein, Ada in die Bar und Franca in den Laden, wo es allerhand zu räumen und umzuräumen gibt, denn es ist heute Freitag, und es werden dann schon noch Leute in den Laden kommen, nicht so viele wie am Samstag, gewöhnlich, aber doch mehr als an den anderen Wochentagen.

Auch Gian Remo geht mit Annalisa und dem kleinen schwarzen Hund einfach wieder hinunter aus dem oberen Stock, wo sie in dem Zimmer gestanden haben, zur Gasse bergwärts, das die Sonne jedes Jahr zuerst erreicht.

Auch Celestina geht wieder hinein, aber nicht gleich wieder ans Bügeln.

Sie hat eine Handvoll Schneeglöckchen gepflückt in der Wiese unterm Apfelbaum, wo die Sonne hingeschienen hat. Auch ohne Sonne haben sie angefangen zu blühen, denn es ist doch schon ein paarmal recht warm gewesen.

Und bald werden in der Wiese um Silvios Haus, kein Mensch weiß, warum gerade dort, wo es fast am längsten schattig bleibt, und dort zu Hunderten, die Krokusse blühen, weiße Krokusse, als habe sich wirklich der letzte Schnee, wo er versickert ist, in ein Meer weißer Kelche verwandelt.

Von den geweihten Schneeglöckchen wird sie dann zwei Sträußchen auf die Gräber bringen, wo noch keine Sonne hinkommt an dem Tag, das dauert dort noch eine Weile. Da muss sie schon richtig hoch stehen, bis sie den Friedhof erreicht.

Auch dem Doktor könnte sie eigentlich ein Sträußchen bringen, mit der gebügelten Wäsche. Der Doktor freut sich. Und hatte ja selber keine Zeit, in der Sonne zu stehen.

Er hat Sprechstunde. Und sie ist wahrscheinlich voll, wie immer.

Silvio bringt sie lieber keine Blümchen, der hat keinen Sinn für so etwas.

Obschon er sich sehr verändert hat in der letzten Zeit. Seit Weihnachten, und seit er die neue Stelle in Aussicht hat. Und vielleicht eine Frau? Das weiß sie nicht so genau. Und noch vor kurzem wäre es ihr gar nicht recht gewesen. Aber sie hat sich selber ins Gebet nehmen und sich sagen müssen, dass er noch jung ist, dass er noch einmal eine Frau braucht. Und offenbar hat er jemanden kennen gelernt, in Maloja oben, wo sie mit dem Gemeinderat das Neujahrsessen hatten, und wo im selben Restaurant eine Hochzeitsgesellschaft war, bei der sie zu wenig Männer hatten zum Tanzen, hatte er gesagt, und da hat er eine Frau kennen gelernt. Eine Krankenschwester. Eine Bernerin. Aber warum nicht?

Und Buddhistin außerdem, das hatte sie ihm schon an dem ersten Abend eröffnet. Aber das ist ihm doch gleich, da sie nett ist, und hübsch, und bestimmt gut im Bett, das hat er schon beim Tanzen gemerkt, und außerdem in der ähnlichen Situation wie er, denn sie hatte auch vor einiger Zeit ihren Partner verloren. Dieses Wochenende hat sie Dienst. Aber übernächstes Wochenende wird er zu ihr nach Bern fahren, und dann wird man sehen. Und wenn sie nicht hierherziehen will, zieht er halt nach Bern. Warum auch nicht? Andrea kann dann immer noch entscheiden, wo sie lieber sein will.

Aber heute ist Freitag. Heute ist sein letzter Tag im Steinbruch.

Jetzt darf er nicht an anderes denken. Jetzt muss er sich noch voll konzentrieren. Denn die erste Sprengung an dem Tag ist gerade gewesen. Sein Nachfolger als Vorarbeiter, den er zwei Wochen lang eingeführt hat, hat sie gezündet. Das ist der heikelste Moment, nach der Sprengung, wenn noch alles voller Staub ist, so dass man kaum etwas sieht, während man doch schon die Fräsen hochfährt, um die Sprengstelle freizufräsen von losen Stücken.

Und wo ist Andrea? Andrea ist in der Schule. Wegen zehn Minuten Sonne fällt die Schule nicht aus. Sie kommt sowieso in jedem Dorf an einem anderen Tag zum ersten Mal, da kann man nicht jedesmal frei machen.

Und was tut Maddalena? Sitzt an ihrem Laptop, auf dem Bildschirm die angefangene Predigt. Hat sie also die Stelle nicht gekündigt? Sie wolle es sich noch überlegen, hatte sie zu Kennedy neulich gesagt, der sie etwas spöttisch danach fragte, und dann sagte: Bleiben Sie um Gottes willen hier Pfarrerin, was täten wir, was täte Ihr Freund in der Mandorla – was täte ich: ohne Sie?

Über das Licht hatte sie predigen wollen. Worüber sonst?

Das Weltlicht und das Licht der Welt.

Aber sie hatte erst den Titel geschrieben. Und nun kam sie nicht weiter.

Ach was, dachte sie. Die Predigt konnte sie auch heute Abend schreiben oder morgen früh. Es zog sie hinaus. Bei dem schönen Wetter. Noch einmal zu der Alp hinauf, wo sie den Adler vor zwei Tagen ausgewildert hatten. Nicht weil sie dachte, dass er da noch einmal erscheinen sollte. Sie wollte einfach noch einmal dort oben sein: wo er gekommen und wo er auch wieder gegangen war.

Etwas musste sie noch nachprüfen, an dem Ort.

Und was tun, vorläufig letzte Frage, die vier Schweine, nachdem die Sonne dagewesen und wieder verschwunden ist? Denn sie ist tatsächlich auch bei ihnen gewesen, hat einen Moment lang hoch genug gestanden, um über den Felsklotz herab genau auf den Schweinestall zu scheinen, das heißt, exakt auf den kleinen Vorplatz, Scheißplatz und Futterplatz.

Auch die vier Schweine sind in dem Moment aus dem dunklen Stall herausgekommen, alle vier, haben dicht gedrängt in der Sonne gestanden, haben sich angeschubst mit ihren Rüsselnasen und in das Licht gewittert, ein wenig in dem Futtertrog gewühlt, ihren Kot, ihr Wasser abgesetzt auf dem kleinen Vorplatz, wo sollten sie sonst, denn wenigstens der Stall soll doch sauber bleiben, wenigstens der – und wären dann wieder hineingegangen (sind jahrelang, das heißt, jedes Jahr andere vier, denn so alt werden Schlachtschweine nicht, einfach wieder in den dunklen Stall hineingegangen).

Doch dieses Jahr nicht. Denn es ist etwas passiert: als geschähen noch Zeichen und Wunder.

Dabei ist es bloß Andreas gewesen, der dort ein paar Nachmittage lang gesessen und gezeichnet hatte, aufmerksam auf nichts sonst. Was wohl den Schweinen, aber dem Bauer überhaupt nicht recht war. Der zwar nicht öfter als unbedingt nötig nach ihnen sah, aber nun, da er den jungen Mann stundenlang da sitzen sah, doch alle Augenblicke sehen musste, ob er da immer noch saß, und dabei allmählich unruhig wurde. Denn der junge Mann war immerhin aus dem Palazzo. Und ein Künstler. Und, wer weiß, ein Tierschützer. Am Ende zeigte ihn der beim Tierschutz an. Oder es war sonst etwas Außergewöhnliches an den Schweinen, wovon er nichts wusste.

Und was weder Celestinas gelegentliche Bitten (worüber er nur lachte: Zimperlichkeiten einer alten Frau) und selbst die nächtlichen Besuche des kleinen Berggeists nicht bewirkt hatten (wie sollten sie auch, davon wusste ja niemand, jedenfalls der Bauer nicht), bewirkte erstaunlicherweise das hartnäckige Dasitzen des jungen Mannes am helllichten, auch kalten Tag und eine einzige Frage: Warum eigentlich der Misthaufen direkt vor dem winzigen Auslauf aufgeschichtet sein müsse, so dass die Schweine, die offensichtlich neugierige Tiere seien, überhaupt nichts sähen von der Welt, und wozu eigentlich die kleine Wiese gebraucht werde vor dem Stall, doch offenbar für gar nichts. Er könne ihm helfen, die paar Pfähle einzuschlagen, das könne doch keine große Arbeit sein, da ein paar Pfähle einzuschlagen, ein paar Drähte zu spannen.

Und obschon der Bauer, der sonst kein Unhold war und schon recht zu seinen Kühen, nur eben die Schweine ein bisschen wie den letzten Dreck behandelte, zunächst bloß brummte und etwas vom Möglichst-schnell-Dickwerden sagte, war ein paar Tage später der Misthaufen doch ein paar Meter weiter weg aufgeschichtet und um die Wiese ein Zaun gespannt (eine Arbeit von vier Stunden insgesamt) – waren die Schweine, die buchstäblich ihren Augen nicht trauten, ihren kleinen, neugierigen Schweineaugen, und sich anfangs kaum hinaustrauten aus ihrem über und über verschissenen Vorgärtchen, auf einmal im Freien.

Im Freien, dann wieder im Stall, wie sie wollten. Der schlimmste Tag ihres Lebens stand ihnen natürlich trotzdem bevor, Panik, Todesangst, doch im Augenblick, und obschon jetzt wieder im Schatten, war es fast schon: das Paradies auf Erden?

Frühlingsgefühle

Zwölf Uhr. Dann begann das Mittagsläuten. Ein helles Läuten, mit der einen der drei Glocken, der Werktagsglocke.

Maddalena hörte es, hoch oben, auf der anderen Talseite, die ganz in der Sonne lag, unterwegs auf dem Höhenweg, kurz ehe der steilere Anstieg zur Alp begann. Das Dorf sah sie in diesem Augenblick nicht, aber sie hörte das Läuten.

Und hatte es schon oft gehört, irgendwo hoch oben. Unten das Läuten und oben: eine andere Welt.

Das dauerte drei Minuten. Dann war die Luft: wieder rein?

Der Weg war bereits schneefrei, war es schon vor zwei Tagen gewesen.

Doch wie anders war der Weg heute als damals, an dem Spätherbsttag, als sie ihn zum letzten Mal allein gegangen war: zuerst allein, und dann mit dem Vogel im Arm.

Kein Herbstgelb, Herbstgold, kein Gelb- und Goldrausch, kein Blätterflirren. Eine kahle Welt. Ohne Sonnenschutz. Kahl und empfänglich für einen Neubeginn.

Eigentlich war es jetzt ihre liebste Zeit.

Und mit diesem leichten Wind. Wie damals. Und doch wie anders auch der Wind heute: Südwind, Frühlingswind.

Und mit dem hellen, ungefilterten Licht auf dem Weg, den Steinen, dem Gras, den Flechten, dem hoch aufsteigenden Fels.

Und mit dem wild schäumenden Wasser bei den Wasserfällen, durch die der Weg führte. Ganz anders als im Herbst musste sie stellenweise richtig aufpassen, noch einen Trittstein zu finden, um von den ungestümen Massen, die sich wie wahnsinnig geworden aus der Höhe in weitem Bogen in die Tiefe stürzten, nicht mitgerissen zu werden.

Es riss sie fast mit vom bloßen Anblick, wenn sie von unten zu der Stelle hochsah, wo sich das Wasser über die Kante stürzte. Und doch wollte sie heil hinüberkommen. Denn sie wollte ja noch ein wenig leben. Weiterleben.

Wozu? Keine Ahnung. Einfach leben. Im Licht. Mit dem Wasser, den Steinen, den Flechten, dem Gras, den kahlen

Bäumen, den Dohlen hoch oben, die die Felsen entlang streichen. Jetzt, wo der Frühling wieder kommt.

Frühlingsgefühle haben auch noch andere an dem Tag, denn von diesen zehn Minuten hat man doch nicht genug, es ist ein bisschen die Wurst durchs Maul gezogen. Das heißt, man hat plötzlich Lust auf mehr: mehr Licht, mehr Sonne. Und es findet an dem Nachmittag regelmäßig ein kleiner Exodus statt.

Da machen sogar Ada und Franca Bar und Laden einmal zu und fahren zusammen, mit dem kleinen roten Lieferwagen – nach Chiavenna. Wo soll man sonst hin?

Wenn man nicht zu dem Dorf auf der Sonnenterrasse hinauffährt oder -spaziert. Was Celestina tut, mit Andrea zusammen, nachdem sie von der Schule heimgekommen ist gegen halb zwei, um dort oben eine alte Freundin zu besuchen, einen Kaffee zu trinken, ein Stück Kastanienkuchen zu essen, in dem Restaurant am Dorfeingang, mit der Sonnenterrasse, wo es an der Hausmauer knapp warm genug ist, wenn man alles anbehält, zum Draußensitzen.

Sogar Kennedy, der kein großer Spaziergänger ist, macht an dem Nachmittag einen Gang, auf der anderen Talseite drüben, verbindet das Angenehme mit dem Nützlichen, denn es ist ein hübscher, nicht sehr langer Weg, von der Straße, wo er sein Auto abgestellt hat, talauswärts zu der Hütte, wo Gianni haust mit seinen zwei Ziegen.

Den Alten besuchte er jetzt öfter, da er sich von dem Sturz Anfang Winter noch immer nicht recht erholt hatte. Auf dem Weg ist es sonnig und südlich, als sei man schon über die Grenze, mit hohen Ginsterbüschen, rechts und links, die aber noch nicht blühen. Mit seinem Arztköfferchen geht er da. Gut aussehend, gut angezogen wie immer. Hemd, Krawatte, Tweedjacke.

Der kleine elegante Doktor. Mit seiner Trauer im Herzen, seinem unversöhnlichen Gefühl von Schuld. Aber ist nicht aus solcher Unversöhnlichkeit seine Menschlichkeit gewachsen, vielleicht auch seine Unbestechlichkeit, seine Intelligenz, sein Kunstsinn, sogar, wer weiß: sein Stil?

Und geht er jetzt nicht trotz allem gern in der Sonne?

Und auch gar nicht ungern zu dem Alten? Der zuhause weder betrunken noch der Schmutzfink war, wie alle dachten, die nie seine Hütte von innen gesehen hatten, wo es geradezu peinlich aufgeräumt war.

Und wer ihn einmal, statt Schmähreden führend, angetroffen hatte, wie er mit seinen zwei Ziegen sprach, wusste, dass in dieser Verkommenheit etwas ursprünglich zärtlich Angelegtes zäh überlebt hatte. Gerade in dieser Wildnis und Einsiedelei besser als unter den Menschen, unter denen er sich wie ihr Abschaum vorkam, die er nicht ertrug und ohne die er es doch auf die Dauer nicht aushielt, so dass er noch jedesmal von diesen Ausflügen in die Gesellschaft von Artgenossen sturzbetrunken nach Hause wankte.

Frühlingshaft ist es auch in Chiavenna, sogar um ein paar bedeutende Grade frühlingshafter. Es blüht auch schon hier und da etwas an dem Weg zum Parco Paradiso, auf dem einstigen Burgfelsen, wo Susanna und Andreas zuerst hingehen. Ein Spaziergang, weil es so schön ist und damit auch Farkas zu seinem Recht kommt. Ein paar Mandelbäumchen rechts und links vom Weg. Einmal eine große alte Mimose, schwer von Blüten und Duft. Unter den Büschen, halb verborgen, Zyklamen. An einer Stelle im Gras sogar Veilchen.

Ach, schauen Sie, sagte Susanna: Veilchen!

Viele Leute waren um die Mittagszeit da nicht unterwegs. Aber wer ihnen entgegenkam, sah höchst interessiert das Paar an, die schlaksig große alte Frau und den jungen Mann, mit seinen rötlichblonden Haaren, ganz in Schwarz (in Künstlerschwarz, er hatte das Beste angezogen, was er bei sich hatte: schwarze Hose, schwarzer Rollkragenpullover), sah eventuell sogar über die Schulter zurück. Was war das für ein Paar? Mit dem grauen Spitzhund.

Ja, was für ein Paar? Das hätten sie selber gern gewusst. Denn es war, obschon der Weg ein ganz öffentlicher, mit ein paar Kurven klar angelegter war, doch ein merkwürdig verschwommener Zustand, in dem sie gingen. Als seien sie mit dieser Fahrt über die Grenze noch in einem ganz anderen Ausland gelandet: einem Land ohne feste Grenzen, in diesem weichen, etwas dunstigen Licht.

Eine alte Frau und ein junger Mann. Und noch etwas ganz anderes. Als habe man sie soeben ausgewildert in eine Freizone, Frühlingszone, wo kein Alter zählte, keine unterschiedlichen Lebensläufe. Oder wo, vielleicht im Gegenteil, gerade der unüberbrückbare Altersunterschied und die unterschiedlichen Lebensläufe die Voraussetzung bildeten für einen Liebesmoment aus nichts als trennscharfen und zärtlichen Gefühlen –

Das streifte sie beide womöglich nur flüchtig, und beide sicher auf unterschiedliche Weise, während sie mit dem Hund zusammen den Weg zum Paradiesfelsen hinauf-, dann wieder hinuntergingen.

Aber als sie wieder in den Gassen waren, wo gleich mehrere Blumenhändler Veilchensträußchen anboten zu dem Tag, kleine, in veilchenblaues Seidenpapier gehüllte Bouquets, schien es ihm plötzlich selbstverständlich, als sei er sein Lebtag schon ein solcher Gentleman und altmodischer Verehrer gewesen, ihr ein Veilchensträußchen zu schenken: mit tausend Dank für alles, was sie an ihm getan habe!

Ohne zu wissen, nur ihre plötzlich feuchten Augen, mit denen sie mehr das Sträußchen als ihn ansah, hätten es ihm verraten können, was er damit aufwühlte, welche Erinnerungen auch, an ihre früheste Kindheit noch in Budapest, an die Stände mit Veilchensträußchen in den Straßen im frühen Frühling.

Was die Welt bedeutet

Als Maddalena wieder auf den Parkplatz fuhr, waren dort schon wieder all die bekannten Autos versammelt, waren alle von ihren diversen Unternehmungen zurückgekehrt.

Francas kleiner roter Lieferwagen stand wieder da.

Und in der einen Ecke, immer in derselben: Susannas roter Alfa.

Auch Silvios schwarzer VW Golf war da. Und Gian Remos dunkelblauer Opel Caravan. Und noch ein paar andere Autos von Einwohnern, die hier keine Erzählfiguren geworden sind.

Sie parkte, wie üblich, ihren Geländewagen neben Kennedys kleinen Flitzer.

Auf der Alp oben war nichts mehr gewesen, was an die Geschichte mit dem Adler, seine märchenhafte Ankunft, den ergreifenden Akt seiner Freisetzung, erinnert hätte. Nicht die kleinste Feder. Und es blieb ihr nur zu überprüfen, dass der Ort keine Erinnerung daran behalten hatte. Dass nur in ihr etwas Bedeutsames daraus geworden war. Und unverlierbar?

Im Dorf traf sie niemanden, der Dorfplatz war leer. Und sie ging dann zuerst in die Kirche. Zu einer Zeit, wo sie sonst eigentlich nicht hinging. Um auch da etwas nachzuprüfen?

Sie setzte sich, wie gewöhnlich zur Morgenandacht, in die vorderste Bankreihe, dem Weltenherrscher gegenüber. Die Beine übereinandergeschlagen, den Ellbogen aufs Knie, den Kopf in die Hand gestützt (wo die Wunde längst verheilt war, nur eine kleine Narbe war geblieben, als Zeichen).

So sah sie ihn an, den Mann in der Mandorla, der ihr einmal die Welt bedeutet hatte, mit allem, was sich um ihn rankte: irdischen Geschichten und himmlischen Hoffnungen.

Und nun nicht mehr? Nicht mehr die Welt?

Oder in diesem Moment gerade nicht? Wo sie aus dem verheißungsvollen Licht eines schönen Tages kommend, hier nur einen erloschenen und wirklich renovationsbedürftigen kleinen Kirchenraum vorfand, in dem es kaum geheizt und nicht sehr gemütlich war.

Sie hatte noch nicht lange dagesessen, als sich die Seitentür öffnete und Andrea vorsichtig hereinschaute, die Tür schloss, zu ihr nach vorn kam, lächelte und sich neben sie setzte.

Ciao, Andrea, Maddalena legte kurz den Arm um sie. Was hast du getan heute?

Sie ist in der Schule gewesen, und dann hat sie mit der Nonna einen Spaziergang zu dem Dorf auf der Sonnenterrasse gemacht, sie haben ein Stück Kuchen gegessen, Kastanienkuchen, und dann sind sie wieder zurückgekommen.

Aber morgen, sagte sie, weißt du, wo wir morgen hingehen? (Silvio hatte es ihr gerade vorgeschlagen, erlöst, wie er war, den Steinbruch hinter sich zu haben: Ob sie zusammen nach Mailand fahren wollten für einen Tag, und die Nonna kann auch mitkommen, wenn sie will: den Dom von Mailand ansehen. Den müsse sie einmal sehen.)

Den Dom von Mailand?, sagte Maddalena, ehrlich überrascht. Das ist ja toll.

Ist der groß?

Sehr groß! Da ist das hier nur eine kleine Höhle im Vergleich.

Sekundenlang aber, während sie sich Mailand, den Dom von Mailand vorstellte, nicht die nach allen Richtungen ausfransende Industriestadt mit dem so oft über der Stadt hängenden Smog, nur den Namen: Mailand, den Mailänder Dom, wie sich beides in der Vorstellung eines Kindes abzeichnen mochte – in diesem Augenblick aber auch in ihr –, war es, als werde die kleine Höhle gesprengt, als öffne sie sich: zum Licht, zur Welt.

Irgendwo hinter ihnen, unsichtbar, musste alles hell und offen sein, ohne Horizont, und der Mann in der Mandorla sah über sie hinweg, mit seinen erhobenen Segensfingern, in eine Unendlichkeit aus Licht –

Ist nicht das Liebesgebot eines zur Schönheit?, sagte Kennedy an dem Abend zu Maddalena. Weil wir schön sind, wenn wir lieben.

Ein Statement, wozu ihn sein Besuch am Nachmittag veranlasste. Und seine vorausgehende Bemerkung, wie erstaunlich der Alte, Gianni, sich jedesmal verwandle, wenn er mit seinen zwei Ziegen rede, dem einzigen vermutlich, was er liebe auf dieser Welt.

Maddalena lächelte. Sie sind ein unverbesserlicher Ästhet, George. Vielleicht sollten *Sie* eine neue Religion stiften.

Ich werde mich hüten, sagte Kennedy. Oder höchstens mit Ihnen zusammen.

Erdgeruch

Der kleine Berggeist, der den Tag verschlafen hatte und also auch die zehn Minuten, in denen die Sonne auf den Monolith und den Eingang vor der Höhle schien, witterte doch in der Nacht, während er über die Wiesen, dann durchs Dorf, zu den Tieren, und zuletzt zu den vier Schweinen hinausging, etwas Frühlingshaftes. Ein Erdgeruch, der noch gestern Nacht nicht da gewesen war.

Aber er fühlte sich müde.

Merkte er schon, dass nicht mehr so oft wie früher von ihm erzählt wurde? Jetzt, wo Andrea zur Schule ging und manchmal anderes zu tun hatte am Abend. Obschon sie noch immer gern Geschichten hörte, aber vielleicht nicht mehr lang. Vielleicht sind also die Tage des kleinen Erdgeists gezählt, denn natürlich lebt auch er, wie alles Wunderbare, nur so lange von ihm erzählt wird.

Aber jetzt ist er noch da. Nur ist er nicht mehr sicher, ob er wirklich, wie er immer gedacht hatte, eines Tages mit den vier Schweinen hinausziehen würde, talabwärts, talauswärts, in eine bessere Welt.

Eines Nachts.

Wahrscheinlich müssen wir doch hierbleiben, sagte er, während er ihnen die Bäuche streichelte, die von dem Saufutter ewig rumorenden. Vielleicht gibt es gar keine bessere Welt. Vielleicht ist die kleine Wiese doch schon alles.

Ja, sagten die vier Schweine leise, im Schlaf, im Traum.

Abschied

Die Sonne blieb nun täglich länger im Dorf. Aber es dauerte noch eine ganze Weile bis zu dem Tag, wo sie wirklich in allen Gassen war.

A ie al sul in tüt lan cunträda, sagten die Einheimischen zueinander an dem Tag, seit Jahrhunderten schon.

Und es war dann ein schöner Morgen, nicht wolkenlos, aber schön, als Andreas ins Postauto einstieg, vorn beim Chauffeur, ein anderer, als ihn hergebracht hatte vor vier Monaten, und nach hinten ging, um möglichst allein zu sein, aber er war sowieso der einzige Fahrgast an dem Morgen.

Und er hatte sich noch kaum recht installiert mit seinem Gepäck, als das Postauto bereits wegfuhr vom Parkplatz, das Stück auf der Zubringerstraße fuhr, dann einbog in die Talstraße, talabwärts fuhr.

Und etwas Glühendes stieg in ihm auf, und es liefen ihm Tränen übers Gesicht (was ist los mit dem jungen Mann, dachte der Postautochauffeur, der im Rückspiegel beiläufig seinen einzigen Fahrgast beobachtete, wandert er aus?), als er das Dorf noch einmal sah, den Palazzo, die Kirche, die Berge, wo er nun einen Winter lang gelebt hatte, nicht wie in einem toten Winkel, sondern wie in einem phantastischen Versteck, dann alles verschwinden sah – während er gleichzeitig dachte, dass er noch heute das Meer sehen würde, dass er arbeiten würde …

Susanna, die im Park, auf dem Kiesweg in der Nähe des Parktors stand, sah es in diesem Augenblick auch verschwinden: das kleine gelbe Postauto.

Fliegt gut weg, sagte sie zu dem Hund, der neben ihr stand. Sie strich ihm über den Kopf. Fliegt sehr gut weg!

Die Autorin dankt der Kulturstiftung des Kantons Thurgau für einen Werkbeitrag.

Und allen, die mit Informationen und Gesprächen oder einfach mit ihrer Gegenwart das Schreiben begleitet haben, für ihre Unterstützung und Freundschaft.